国际大奖小说

国际安徒生奖

企鹅的故事

Die Geschichten von
der Geschichte vom Pinguin

[奥] 克里斯蒂娜·涅斯特林格 / 著
杨 立 / 译

天津出版传媒集团
新蕾出版社

图书在版编目 (CIP) 数据

企鹅的故事 /(奥)涅斯特林格著;杨立译.
—天津:新蕾出版社,2011.1(2022.9 重印)
(国际大奖小说)
ISBN 978-7-5307-4996-8

Ⅰ.①企…
Ⅱ.①涅…②杨…
Ⅲ.①儿童文学–长篇小说–奥地利–现代
Ⅳ.①I521.84

中国版本图书馆 CIP 数据核字(2010)第 232805 号
ⓒ 1978,Dachs Verlag,Wien
ⓒ 2002, Patmos Verlag GmbH&Co. KG
Sauerländer Verlag, Dusseldorf
Simplified Chinese translation copyright ⓒ 2008
by New Buds Publishing House
ALL RIGHTS RESERVED
津图登字:02-2007-118

出版发行	:新蕾出版社
	http://www.newbuds.com.cn
地　　址	:天津市和平区西康路 35 号(300051)
出 版 人	:马玉秀
电　　话	:总编办(022)23332422
	发行部(022)23332351　23332679
传　　真	:(022)23332422
经　　销	:全国新华书店
印　　刷	:天津新华印务有限公司
开　　本	:880mm×1230mm　1/32
字　　数	:50 千字
印　　张	:4
印　　数	:194 001—199 000
版　　次	:2011 年 1 月第 1 版　2022 年 9 月第 26 次印刷
定　　价	:22.00 元

著作权所有,请勿擅用本书制作各类出版物,违者必究。
如发现印、装质量问题,影响阅读,请与本社发行部联系调换。
地址:天津市和平区西康路 35 号
电话:(022)23332677　邮编:300051

前言

一辈子的书

梅子涵

亲近文学

一个希望优秀的人,是应该亲近文学的。亲近文学的方式当然就是阅读。阅读那些经典和杰作,在故事和语言间得到和世俗不一样的气息,优雅的心情和感觉在这同时也就滋生出来;还有很多的智慧和见解,是你在受教育的课堂上和别的书里难以如此生动和有趣地看见的。慢慢地,慢慢地,这阅读就使你有了格调,有了不平庸的眼睛。其实谁不知道,十有八九你是不可能成为一个文学家的,而是当了电脑工程师、建筑设计师……可是亲近文学怎么就是为了要成为文学家,成为一个写小说的人呢?文学是抚摸所有人的灵魂的,如果真有一种叫作"灵魂"的东西的话。文学是这样的一盏灯,只要你亲近过它,那么不管你是在怎样的境遇里,每天从事

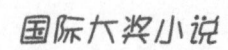

怎样的职业和怎样地操持,是设计房子还是打制家具,它都会无声无息地照亮你,使你可能为一个城市、一个家庭的房间又添置了经典,添置了可以供世代的人去欣赏和享受的美,而不是才过了几年,人们已经在说,哎哟,好难看哟!

谁会不想要这样的一盏灯呢?

阅读优秀

文学是很丰富的,各种各样。但是它又的确分成优秀和平庸。我们哪怕可以活上三百岁,有很充裕的时间,还是有理由只阅读优秀的,而拒绝平庸的。所以一代一代年长的人总是劝说年轻的人:"阅读经典!"这是他们的前人告诉他们的,他们也有了深切的体会,所以再来告诉他们的后代。

这是人类的生命关怀。

美国诗人惠特曼有一首诗:《有一个孩子向前走去》。诗里说:

有一个孩子每天向前走去,
他看见最初的东西,他就变成那东西,
那东西就变成了他的一部分……

如果是早开的紫丁香,那么它会变成这个孩子的一部分；如果是杂乱的野草，那么它也会变成这个孩子的一部分。

我们都想看见一个孩子一步步地走进经典里去，走进优秀。

优秀和经典的书，不是只有那些很久年代以前的才是，只是安徒生，只是托尔斯泰，只是鲁迅；当代也有不少。只不过是我们不知道，所以没有告诉你；你的父母不知道，所以没有告诉你；你的老师可能也不知道，所以也没有告诉你。我们都已经看见了这种"不知道"所造成的阅读的稀少了。我们很焦急，所以我们总是非常热心地对你们说，它们在哪里，是什么书名，在哪儿可以买到。我就好想为你们开一张大书单，可以供你们去寻找、得到。像英国作家斯蒂文生写的那个李利一样，每天快要天黑的时候，他就拿着提灯和梯子走过来，在每一家的门口，把街灯点亮。我们也想当一个点灯的人，让你们在光亮中可以看见，看见那一本本被奇特地写出来的书，夜晚梦见里面的故事，白天的时候也必然想起和流连。一个孩子一天天地向前走去，长大了，很有知识，很有技能，还善良和有诗意，语言斯文……

同样是长大，那会多么不一样！

自己的书

优秀的文学书,也有不同。有很多是写给成年人的,也有专门写给孩子和青少年的。专门为孩子和青少年写文学书,不是从古就有的,而是历史不长。可是已经写出来的足以称得上琳琅和灿烂了。它可以算作是这二三百年来我们的文学里最值得炫耀的事情之一,几乎任何一本统计世纪文学成就的大书里都不会忘记写上这一笔,而且写上一个个具体的灿烂书名。

它们是我们自己的书。合乎年纪,合乎趣味,快活地笑或是严肃地思考,都是立在敬重我们生命的角度,不假冒天真,也不故意深刻。

它们是长大的人一生忘记不了的书,长大以后,他们才知道,原来这样的书,这些书里的故事和美妙,在长大之后读的文学书里再难遇见,可是因为他们读过了,所以没有遗憾。他们会这样劝说:"读一读吧,要不会遗憾的。"

我们不要像安徒生写的那棵小枞树,老急着长大,老以为自己已经长大,不理睬照射它的那么温暖的太阳光和充分的新鲜空气,连飞翔过去的小鸟,和早晨与晚间飘过去的红云也一点儿都不感兴趣,老想着我长大了,我长大了。

"请你跟我们一道享受你的生活吧!"太阳光说。

"请你在自由中享受你新鲜的青春吧!"空气说。

"请你尽情地阅读属于你的年龄的文学书吧!"梅子涵说。

现在的这些"国际大奖小说"就是这样的书。

它们真是非常好,读完了,放进你自己的书架,你永远也不会抽离的。

很多年后,你当父亲、母亲了,你会对儿子、女儿说:"读一读它们,我的孩子!"

你还会当爷爷、奶奶、外公和外婆,你会对孙辈们说:"读一读它们吧,我都珍藏了一辈子了!"

一辈子的书。

目录

Die Geschichten von der Geschichte vom Pinguin

企鹅的故事

第一章　埃马努尔和企鹅的故事……………… 001

第二章　姑奶奶阿蕾莎的全部故事…………… 035

第三章　一只非常肥实的老猫的完整故事…… 043

第四章　瞎编出来的马达加斯加故事………… 048

第五章　埃马努尔在学校的故事……………… 057

第六章　埃马努尔和回忆的故事……………… 060

第七章　五个人物和两个动物的不幸结局…… 079

第八章　为五个人物和两个动物虚构的结局… 083

第九章　埃马努尔他爸爸的最终行动………… 090

第十章　重要的附言…………………………… 107

第 一 章

埃马努尔和企鹅的故事

有一只企鹅压根儿不知道他自己是个企鹅。

这事儿虽然要等两三年之后才会完全显露出来,但肯定是确凿无疑的。生活中的种种迹象都在预示着这样一件不同寻常的怪事。至少有九种现实情况是与这事儿的形成直接相关的。因此通过这九种现实情况就足以确切地推断出这件事儿来了……这九种现实情况就是:

1.埃马努尔爱企鹅。

2.埃马努尔的爸爸爱埃马努尔。

3.姑奶奶阿蕾莎在有人询问她的意见和态度时,不管是重大问题还是鸡毛蒜皮的小事,她总是回答说:"行,我看行!"

4.动物学助理研究员舍斯塔克曾经给他的朋友史莫坦尼写过一封信。(这位史莫坦尼正在南极地区从事动物学领域的科研工作。)在信中舍斯塔克请求这位朋友帮忙,给他寄一个优质的企鹅蛋来,因为他正计划进行企鹅蛋的人工孵化实验,还准备用这一实验的成果来撰写他的大学执教资格论文。(一篇大学执教资格论文能使一位"博士先生"获取大学"讲师先生"的职衔。)

5.动物学助理研究员舍斯塔克在西门比尔格太太家的房子里租了一个房间。这两年他一直住在那里。西门比尔格太太是埃马努尔、他的爸爸和姑奶奶阿蕾莎家的隔壁邻居。

6.这位西门比尔格太太是个出奇怕冷的人。她平时总得穿着三双毛袜子和加厚的毡棉靴,屋子里还要经常开着大大小小总共七个不同类型的电暖气和取暖炉。她室内的温度经常保持在和撒哈拉大沙漠正午的温度不相上下的水平上。

7.聘用助理研究员舍斯塔克的动物研究所当时正处于经费短缺的困境。由于资金严重不足,研究所暂时只能为蟒蛇的晚餐提供半份兔肉了。不久前研究所所长曾公开宣布过,很快他就不得不解聘所里的一两位助理研究员了。

8.埃马努尔爱企鹅。

9.埃马努尔的爸爸爱埃马努尔。(第8和第9两种现实情况我们在一开头就已经提到了。但是第8和第9,也就是第1和第2种情况是构成这件事儿最为重要的先决条件。因此完全有必要将他们重复列举出来。)

如此说来，这个不知道自己是个企鹅的企鹅的故事已经是板上钉钉的了。因此我们不必再等到两三年之后，而是现在就能将这个故事写出来了。

那是在初春时节一个碧空万里、阳光和煦的早上，埃马努尔和他的爸爸正坐在厨房里吃早餐。姑奶奶阿蕾莎老早就吃过早餐了，因为她总是很早很早就起床了。她老人家正站在敞开的窗户跟前浇花呢。窗外种着两丛草花，一丛是天竺葵，另一丛是美人蕉。两种花都还没有开放。突然间从窗外传来了一阵叫嚷声，有什么人在高声喊着："绝对不能让他待在我这里了，先生！这太过分了，实在太过分了！我绝对不允许再这样下去了！"听上去大声叫嚷的是个女人。她的叫喊声是从隔壁的房子里传出来的。那应该就是西门比尔格太太在叫嚷了吧？不过谁也不能肯定说那在叫喊的就一定是她，因为人的声音在大嚷大叫时总是会有不小变化的。此外迄今为止人们从来还没有听到过西门比尔格太太这么大声叫喊，所以人们还不知道她喊叫时的声音到底是什么样的。

在绝大多数人家里好奇心特别强的总会是上了年纪的老姑奶奶们，或者是年龄和埃马努尔相仿的小孩子们。但这家人的情况却完全与众不同：姑奶奶阿蕾莎依然在继续浇她的花。埃马努尔照样在狼吞虎咽地大嚼他的珍珠葱头。他最近爱上了这种新型健康食品，每天早餐他都要吃上一小碟,而且还要蘸着芥末吃。在厨房里表现出十分好奇的只有埃马努尔的爸爸。他先放下了左手举着的蜂蜜小面包,接着又放下了右手端着的可可杯子,专注地去听从窗外传来的叫喊声。听着听着他就站起来,走到了窗口前面。他一边谛听一边自言自语道:"到底是什么让西门比尔格老太太觉得太过分了呢?她绝对不允许的又会是什么呀?"

姑奶奶阿蕾莎和埃马努尔自然不会知道他这些问题的答案了。那高声的吵嚷在这时候已变为厉声的呵斥了。她那声音大吼着:"太不像话了!简直太不像话了!真是让人忍无可忍了!"埃马努尔的爸爸走出厨房,来到了花园里。他照直朝着与西门比尔格太太家花园相邻的篱笆墙走过去。他弯下身去,用手随意拨弄着地上的泥土。他做出一派想要查看一下埋在那里的郁金香球根的样子,就仿佛是在检查那些球根是不是还都完好地埋在泥土里面,有没有露到泥土外面需要往上培土的。在那个地方他所听到的可比刚才在厨房里要清楚得多了。没错,那正在叫喊着的肯定就是西门比尔格太太!她正在高喊着:"要么今天就把他从我的房子里弄出去,要么就永远解除租约!您立刻就搬家!"停了一下后又喊道:"您别指望我会再宽容一天了,我实在是忍无可忍了!现在我还冷得浑身发抖哪,手指头尖儿全部冻僵了!您瞧瞧,到这会儿还打不过弯儿来呢!"她停了一下之后又接着大嚷道:"特别让人受不了的是他有味儿呀,臭烘烘的都快把人给熏死了!"

在这期间埃马努尔的爸爸还听到了动物学助理研究员舍斯塔克的声音。不过那声音很低,以至于他对助理研究员讲的是什么连一个字儿都没听出来。除此之外他还听到了几声嘎嘎的叫声,但那叫声就更低了。

埃马努尔的爸爸聚精会神地在那里谛听,根本没有察觉到埃马努尔已经来到了他身边。直到埃马努尔在他的背上连捅了三下之后,他才注意到儿子也来到了这里。

埃马努尔很体谅爸爸,一心想帮爸爸满足好奇心。"来吧,老爸,"埃马努尔说,"快跟我来!"他拉着爸爸走出了自家花园的大门,朝西门比尔格太太家花园的大门走去。

"这样做不大合适吧?"埃马努尔的爸爸站住了,他迟疑地说:"人家会怎么说呢?事先没有任何约定我们就贸然走进去打听人家为什么争吵,这实在有点儿不像话了吧?"

"西门比尔格太太昨天就跟我约定好了,让我今天到她家里去。她已经给我存了一大堆火柴盒了。"周围的邻居们都在为埃马努尔收集空火柴盒,供他用来搭建摩天大楼、小别墅、大火车、游泳池、体育馆和整个小城镇什么的。

"照你这么说我们真的能到她家去了?"埃马努尔的爸爸问。看到埃马努尔直点头,他才让儿子拉着他走进了花园。但走到西门比尔格太太敞开的房门口他又犹豫起来了。"可我怎么能跟着你去呢?"他问道,"我以前可从来也没跟你一起去取过火柴盒呀!"

"这一次火柴盒特多,非得让你帮着我拿才行呀!"

接着埃马努尔还说,他爸爸用不着感到不好意思。他说,一个人要是真想满足好奇心,就不能怕因此而招惹来的各种麻烦。埃马努尔的爸爸很可能还在考虑该找个什么借口来解释自己唐突的登门拜访,但西门比尔格太太却十分欢迎他的到来,因为终于有个人送上门来听她念叨念叨眼前这些烦人的事儿了。

"比尔鲍尔先生,比尔鲍尔先生。您快来看看,您对这会怎么说!"西门比尔格太太一边尖声叫嚷着,一边把埃马努尔的爸爸,也就是比尔鲍尔先生让进了客厅,并随手关上了房门。埃马努尔没跟着他们进去,他还站在门厅里目不转睛地盯着一样东西。刚才西门比尔格太太尖叫着说"您对这会怎么说"时,她伸出的手是直指着通向楼上的楼梯的。在那楼梯上站着的就是助理研究员舍斯塔克。他脸色煞白,显出一副茫然不知所措的神情,甚至全身都有一点儿发抖。他的手臂上抱着一个企鹅宝宝。那是一个很小很小的,不久前刚刚孵化出来的,但非常漂亮可爱的小企鹅。至少在一直盯着他看的埃马努尔的眼里这个小企鹅就是这样的。埃马努尔爱企鹅呀。

　　就在这个碧空万里、阳光和煦的春日里,九种现实情况不约而同地都碰到了亟待他们去解决的重大难题。同样也是在这一天里,埃马努尔的爸爸在西门比尔格家的客厅里听到了一个很长很长的故事。与此同时,埃马努尔一直和助理研究员舍斯塔克并排坐在一阶楼梯上。当他小心翼翼地用手抚摸着企鹅宝宝的同时,埃马努尔也听到了一个很长很长的故事。

　　西门比尔格太太讲的故事和助理研究员讲的故事本来就是同一个故事。两个人所讲的故事其实全都是一样的:有一位动物学助理研究员曾经专门为企鹅蛋的事儿写信请他在南极工作的朋友帮忙。经过长时间信来信往的沟通和交流之后,他终于收到了一个企鹅蛋。那个企鹅蛋是用很多木棉包裹着,装在小箱子里,作为免征关税的航空邮件寄来的。得到了企鹅蛋后助理研究员真的把小企鹅给孵化出来了。为此他感到无比的自豪,因为在他之前还没有人取得过人工孵化企鹅的成功呢。但是,正当他满怀自豪地欣赏企鹅宝宝第一次嘎嘎的叫声时,他收到了研究所所长递来的解聘通知书。所长伤心

地握着他的手说:"我真感到非常遗憾,同事。"接着所长又通知他说,研究所不可能收留他的小企鹅。一来是由于所里缺乏饲养场地,更主要的还是研究所的预算里没有列入企鹅饲料这一项目,因此助理研究员在离开工作岗位后,只好把小企鹅带回了他自己的住处,也就是西门比尔格太太的住房里来了。但那房子里总是热得要命,室内温度简直就跟撒哈拉大沙漠午间的温度差不多。那么热的地方可绝不是一个小企鹅所能承受的。于是助理研究员先是把自己房间里的燃油取暖炉关掉了,然后又把门厅和楼道里的电暖气也给关上了。但尽管如此房子里的温度依然让小企鹅难以忍受,于是助理研究员只得悄悄地将客厅里的热风取暖器调到了最低的一档上,最后他对浴室里的辐射热浴霸和厕所里的人造小太阳灯也都偷偷做了同样的处理。这一来可让总是特别怕冷的西门比尔格太太没法过日子了,她觉得这两天自己几乎快要冻死了。而小企鹅还是感到热得难受,日子很不好过。

故事的要点就是这样的。

但故事总是要通过讲故事的人说出来的。因此讲故事的人会根据他们自身的经历、他们切身的感受,以及他们个人的观点和态度随意去把故事当中的某些成分缩小一点儿或是夸大一些,突出一点儿或是弱化一些,减轻一点儿或是加重一些。也就是说，故事在被不同讲故事的人讲述出来时一定是会有很大差别的，不同的人所讲述的同一个故事绝不可能是完全一样的。

因此埃马努尔的爸爸在客厅里听到的是一个六十多年来总是畏寒怕冷的老太太的故事。她甚至在暑热的八月里也离不了取暖炉。她出于一片好心只收取很低的租金就把楼上的房间租给了那个年轻人，没想到那个人却对她使坏心眼儿，一下子把房子里所有的暖气都给关掉了。在埃马努尔的爸爸听到的故事里甚至还提到过羊毛保暖裤，以及每天晚上要用热水烫脚之类的保暖常识。那可真是一个很精彩的关于非常怕冷的老太太的故事。

而埃马努尔坐在楼梯上，用手轻轻抚摸着小企鹅时所听到的故事则是一个同样十分精彩的关于刚被解聘的动物学助理研究员的故事。讲故事的人说，他绝不会因失去在这家研究所的工作而挨饿的。情况恰恰相反，到目前为止就已经有三个新的职位可供他选择了，而且个个都比他以前的工作岗位要好得多，都会为他今后事业的发展带来更大的机遇。不论是去扎伊尔，是去新德里，还是去基多，都是他一到任就能担任首席助理研究员！可惜的是，扎伊尔在非洲，新德里在印度，厄瓜多尔的首都基多则位于紧靠着赤道的地带，所有这些地方都

不适于小企鹅生存。他不可能把这小家伙带到上述任何一个地方去。除此之外,他所感兴趣的仅仅是企鹅的人工孵化而已,孵化出来的东西对他来说已不再有多大的意义了。假如他真想要养个宠物的话,那他最希望养的应该是一只银灰色长卷毛狗。助理研究员说,长卷毛狗特别机灵,懂事,而且对主人非常忠诚。

总而言之,在楼梯上所讲的故事已完全演绎成了一个关于动物学助理研究员的故事,特别讲到了他正面临着对三个新工作地点的抉择,还明确表示小企鹅现在已经成了他的拖累,以及他更乐意饲养的宠物是一只长卷毛狗。

故事当中的千差万别和不同的侧重点对埃马努尔和他的爸爸是不会构成任何妨碍的,因为人们在听故事的时候同样也都会根据各自的兴趣和需要对故事做出一番筛选和取舍。他们觉得无关紧要的东西,听过之后就不会再去理会了,甚至马上就忘得一干二净了。埃马努尔和他爸爸听完了故事以后对诸如什么三个新的工作地点了,银灰色的长卷毛狗了,到了八月份还得捂上厚毡靴了,以及偷偷关掉了所有的暖气之类与他们毫不相干的琐事,早就都抛到脑后去了。整个故事当中让他们两人真正感兴趣和记住了的只有一点:这里有一只小企鹅,现在没有人愿意收留他,也没有人乐意去饲养他!

这时候爸爸在想：埃马努尔爱企鹅，我爱埃马努尔呀！

爸爸一边想一边叹气。

这时候埃马努尔在想：爸爸爱我，我爱企鹅呀！

埃马努尔一边想一边微笑。

像埃马努尔和他爸爸这样一直相依为命的亲人彼此是非常熟悉的，他们相互间早就十分默契了。此时此刻埃马努尔完全不必再开口说："爸爸，我很想要这只企鹅！"

当爸爸从客厅走出来时，他已不再搭理跟在他身后喋喋不休抱怨诉苦的西门比尔格太太了，而是默默地注视着埃马努尔，埃马努尔也在充满期待地注视着爸爸。他们俩长时间相互注视着。爸爸爱埃马努尔，可是他并不爱企鹅，因此过了一会儿他才开口说："咱们的姑奶奶阿蕾莎很可能会不同意啊！"

埃马努尔的爸爸希望他姑姑会阻止埃马努尔收养企鹅，希望她也会大声叫嚷"这太过分了，实在太过分了"。埃马努尔的爸爸太爱他的儿子了，已经爱到了不能不允许他去做任何事情的地步了。如果他姑姑能出面阻止的话，那就用不着让他为难了。

埃马努尔听了爸爸的这句话后大叫道："太好了，太好了，爸爸！谢谢你啦！"他蜷起一条腿来，单腿在楼梯上

蹦上一阶,又跳下一级,然后翻来覆去地从楼梯上蹦上去,跳下来。每当他感到特别高兴的时候,他就喜欢这么不停地单腿蹦。

"我说儿子啊,这事儿可根本还没有定下来呢。"爸爸说,"如果姑奶奶阿蕾莎……"爸爸结结巴巴地讲着。埃马努尔是最了解他姑奶奶的了。他立刻就从邻居家的房子里跑了出去,朝着对面楼上敞开的窗子高喊道:"姑奶奶,姑奶奶阿蕾莎,这里有一个企鹅!一个很小很小的,真的企鹅,是个活的企鹅!他们可以把他白送给我!一个钱都不要呢!"

姑奶奶的头从窗口探了出来。她点着头大声朝下面喊:"行,我看行!"

埃马努尔的爸爸每天都得出去做生意赚钱。买这座带花园的房子的钱、买小汽车的钱、定期缴纳人寿保险的钱、给埃马努尔买裤子的钱,以及花园里栽种郁金香和其他花花草草所用的钱都是靠他一笔一笔赚回来的。(阿蕾莎姑姑自己有养老金,她不需要用埃马努尔爸爸的钱养活。)但总待在西门比尔格太太家的门厅里说闲话是赚不到钱的,于是埃马努尔的爸爸就告辞了。他开着自己的车子进城做生意赚钱去了。埃马努尔一只手里抱着已经归他所有的小企鹅,另一只手举着一本书也回家去了。那本书的书名叫作《企鹅饲养指南》,是助理研

Die Geschichten von der
Geschichte vom Pinguin

究员舍斯塔克刚刚送给他的。在这期间西门比尔格太太已经把房子里所有的暖气和取暖炉又全部打开了。助理研究员则正在收拾东西,打点行装。他已经决定去扎伊尔工作了。

《企鹅饲养指南》是一本老早以前出的旧版书,使用的全是繁体字。埃马努尔不认识繁体字,只好请姑奶奶把书读给他听。姑奶奶给他念了一整天,直到晚上都没有念完,因为她在念的过程中经常得查三种不同版本的百科辞典。比如在麦耶小百科全书的"企鹅"词条上,除了其他的解释之外还写着:"……帝企鹅,王企鹅,鳍企鹅,在民间也常俗称为肥潜鹅或是肥鹅……"

姑奶奶阿蕾莎觉得"肥鹅"这名字非常形象,读起来又特别顺口。后来,每逢她对周围的人谈到企鹅的时候就总是说:"我们家里就喂养着一只肥鹅呢!"

但谁听到姑奶奶这么讲也不大会多往别处去想,更不会马上就联想到企鹅上去了。他们最多只会这么想:要是换了我的话,我可是宁愿去养一只瘦肉型的呢!

埃马努尔在一部百科辞典里查到了企鹅的拉丁文名称。所有的动物都有一个拉丁文的学名,这全是动物学家们坚持的结果。有一个企鹅品种的拉丁文学名叫作 **APTENODYTES PENNANTII**。埃马努尔的企鹅并不属于这一品种,他那只企鹅实际上是属于小个子企鹅类型中

的一个品种。但是,埃马努尔总感觉这个拉丁文的名字实在太酷了。

"阿蕾莎姑奶奶,"他说,"我就用APTENODYTES PENNANTII当他的名字吧!"

"行,我看行。"姑奶奶阿蕾莎嘴上这么说,但她心里还是更中意"肥鹅"这个名字的。实话实说吧,她是怎么也读不准那两个拉丁文单词的发音的。再说两个那么复杂的外来词她一下子也很难记得住呀。

埃马努尔将抱在手上的企鹅宝宝放到姑奶奶的怀里,跑回自己的房间取来了玫瑰红色的卡纸带和一只绿色的彩笔。他用印刷体的大写字母把APTENODYTES PENNANTII写到了卡纸条上。然后他就跑到花园的门外,将刚写好的卡纸条贴到了信箱上面。那玫瑰红色的纸条是贴在写有"比尔鲍尔"的搪瓷小牌子和镌刻着"斐斯特"字样的小铜牌牌中间的。上面的小牌上写的是爸爸和埃马努尔的姓氏,下面牌子上写的是阿蕾莎姑奶奶的姓氏。

下面所讲的不一定和我们的故事直接相关,但顺便讲一讲还是蛮有意思的:

绝大多数从这个花园门前走过的行人对企鹅的拉丁文学名都一无所知,他们甚至连APTENODYTES PENNANTII是拉丁文都不知道,因此,当他们瞧见纸条上醒目的绿色印刷体大写字母时,有些人马上就会想到:这里准是住上一个外国房客了!另一些人则会想到:很可能是比尔鲍尔家把房间租给希腊人了,他们家真的有必要这么做吗?

不管怎么说,反正从此以后邮递员在投递挨户派送的广告信函时,不再像以往那样投两份,而是会把三份塞进这个信箱里去。除了给比尔鲍尔家和斐斯特家备一份之外,还有一份是给PENNANTII家的。邮递员凭经验知道在前头的是名字,后面的自然就是姓氏了。

埃马努尔感觉APTENODYTES PENNANTII这名字看上去很酷,但这样的名字可不是人人都能叫得出来的。尤其是两个词都这么长,又这么拗口,是非常不适合在亲昵地抚摸着对方、对着他的耳朵柔声细语呼唤的名字。

埃马努尔在轻轻抚摸着他的小企鹅、对着他喃喃低语时,总是将他唤作"小宝贝"、"宝贝儿"或是"小小子"、"小家伙"什么的。最近埃马努尔更喜欢叫他"我圆溜溜的大发糕"了,因为这期间小企鹅已经胖得圆滚滚的了。他特别能吃,鳞鱼、鳍鱼、鲸鱼、平鱼,什么鱼他都爱吃。碰上哪一天姑奶奶阿蕾莎高兴,买菜时不特别计较多花钱了,他就能够吃上墨鱼或是小虾之类的海鲜了。有一回姑奶奶还特地为他买回来了冷冻的大虾。那天正好是

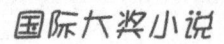

姑奶奶的生日。姑奶奶习惯于反转着送生日礼物。她自己过生日那天她就会给每个她喜欢的人送上一份礼物;等到埃马努尔和他爸爸过生日时,她准会张口说:"明天是你的生日,我希望你送给我一条真丝头巾!"这话当然是对埃马努尔的爸爸讲的了,因为他有钱买礼物呀。姑奶奶希望从埃马努尔那里得到的全都是不用花钱的礼物。比如去年埃马努尔过生日那天就给姑奶奶剪了脚指甲,还给指甲上涂了红指甲油。姑奶奶太胖了,有一个特大个的肚子,她坐下来以后,两只手就怎么也够不着自己的脚指头了。

姑奶奶阿蕾莎常慈祥地瞅着小企鹅说:"多可爱的一个肥鹅呀!你瞧瞧他,胖得一塌糊涂,可照样还是这么好看,这么可爱!"

"胖得一塌糊涂"这话埃马努尔可不爱听。他摇着脑袋反驳道:"他可从来没胖到身上的肉软嘟噜的,直来回晃荡。企鹅可不是胖得一塌糊涂,他那是胖得健美、强壮!"

埃马努尔的爸爸对企鹅可什么话都没说过。现在他晚上已经很少按时回家来了。他常一个人去电影院或是到咖啡馆去找人玩纸牌,他也不再像以前那样每周只和女友约会一次了,而是每逢周一、周三和周五的晚上都和她待在一起。他的女友名叫爱玛,是邮政局里的一位主任。最近埃马努尔的爸爸甚至要求住在她家里了。"亲爱的爱玛,"他说,"我最亲爱的爱玛,可以允许我住在你这里吗?我保证睡觉不打鼾,睡着了以后也不会乱伸胳膊乱蹬腿的,清早起来我准会做好早点给你端到床头上来。我向你发誓,我保证一定说到做到!"

埃马努尔的爸爸真是不乐意再回家去了。他对爱玛诉苦说:"现在家里一切都变得跟以前完全两样了!以前我是个爸爸,我在自己的家里有一个儿子和一个姑姑……"

"现在你家里只不过是多了一个小企鹅啊。"邮政局主任爱玛打断了他的话。她觉得埃马努尔的爸爸有点儿太爱诉苦和发牢骚了。此外,让她更感到烦躁和不满的是埃马努尔的爸爸讲的话没有信用。实际上他夜里睡觉不光是大声打鼾,胳膊腿还不住地踢打。至于做早点,他只会冲一杯速溶可可而已。他从来就没有煮过鸡蛋,也不肯出门去买新出炉的小面包和现炸的热黄油焦圈儿,甚至就连果酱他都懒得给她拿过来。

"不,不,"埃马努尔的爸爸又接着诉苦了,"如果只是家里多了一个企鹅的话,我绝对连一声都不会吭的!事实跟你想的完全不一样啊!家里的一切全都彻底变了样呀!现在我儿子成了企鹅他爸,我姑姑也快变成企鹅他妈了。我呢?我成了租了企鹅家的房间,住在他家里的房客了!"比尔鲍尔先生说着说着几乎要哭出来了。邮政局主任爱玛看他怪可怜的,也就不再为单调无味的早点、夜里睡觉打鼾和胳膊腿乱踢打而发脾气、生他的气了。

下一个星期日,爱玛穿上了她那套请裁缝量身定做的蓝色裙装,戴上了淡红色的小帽,把她那个只在重要应酬场合才会用的鳄鱼皮挎包背到了肩上。她要到埃马努尔、姑姑和埃马努尔他爸爸家里去串门。她想要亲自去看一看埃马努尔的爸爸是不是真的有理由满腹牢骚,叫苦不迭。她下决心这么做并不是出于好奇,而是想弄清楚男友所讲的是真话还是在瞎扯。这对她来说非常重要。只有在对男友有了深入了解之后,才能够放心地和他交往下去呀。

当爱玛从城里走过时,正是人们吃午饭的时分。爱玛一路上闻到的净是黄瓜沙拉和刚出炉热烤肉的香味儿,从一些敞开的窗口飘出来了煮咖啡的香气。爱玛还能听见肉排在煎锅里发出的咝咝响声,以及人们进餐时相互祝愿"胃口好"、"吃好"的客气话。一个小男孩两手举着个装满了冰激凌球的大碗,从爱玛身旁奔跑而过。爱玛看到盖在碗上的油纸随着风上下抖动,露出了碗里淡黄的和粉红的冰激凌球。她在想,那不是香草和树莓的,就是草莓和芒果的。

Die Geschichten von der
Geschichte vom Pinguin

所有这一切都勾起了爱玛的食欲,她一下子感到饿极了。她很想吃煎肉排和黄瓜沙拉,想喝热咖啡,也想吃香草树莓或是草莓芒果的冰激凌。爱玛在想,但愿阿蕾莎姑姑准备的午饭里还能够有我的一份。(她事先没有打过招呼,是故意去当不速之客的。)

爱玛终于来到了埃马努尔爸爸的住房跟前。刚走近花园的篱笆墙她就低声对自己嘟囔着:"这下可糟了,你这个冒失鬼,正赶上人家家里没人!"房子所有的窗户都关得严严的,窗子里面的遮阳卷帘纱窗也都是拉下来的。"真的是家里没有人,"爱玛喃喃自语着,"要不然会在阳光这么好的大中午把窗户全都关上嘛!"

如果不是碰上西门比尔格太太正在花园里的话,爱玛很可能就会转身往回走了。西门比尔格太太这会儿正站在她花园里的玫瑰丛前面,手里拿着把镊子往下拣花叶子上的腻虫呢。她好奇地不住朝篱笆的那一面张望。最后她忍不住开口问道:"您在找什么呢,请问?"

"我要到比尔鲍尔家去。"爱玛回答说。

"是门铃坏了,不响了吗?"西门比尔格太太接着又问。

爱玛说,她还没有按过门铃,因为房子所有的窗户都紧闭着,遮阳纱窗也全是拉下来的。这时西门比尔格太太走到了紧贴着篱笆墙的地方,压低了声音说:"那全都是为了企鹅的缘故!"

"为什么全都是为了企鹅的缘故?"

西门比尔格太太赶忙先把围在肩膀上的羊绒披肩裹得更紧一些,然后才开口说:"我可是真不乐意再讲他的事儿了。只要一想到他,我浑身上下就要起鸡皮疙瘩。您该知道,我这个人特别的怕冷,甚至到了暑天八月我夜里睡觉还离不了毛毯呢!"说着说着她的上下牙就开始咯咯作响地打起战来了,想必是她又想到"他"了吧。她牙齿咯咯的打战声越来越响,以至于都无法再向爱玛讲到底是怎么回事儿了。爱玛只好伸手去按花园的门铃。花园的门自动打开了。

"您的牙怎么打战打得这么厉害呀?"爱玛一边朝花园里走一边回过头去问,"是不是这里面有什么非常可怕的玩意儿把您吓得牙齿不住地打战啊?"

"我只到那里面去过一回⋯⋯"西门比尔格太太说着牙齿又咯咯打战了。这一回的响声比刚才还大,以至于爱玛都听不清楚她讲的是些什么了。爱玛猜测:她接下来所讲的应当是"再也不去了,我是再也不会到那里面去了"。

爱玛想,这老太太大概有点儿神魂颠倒了。她走到房门前时,房门已打开了一条窄缝。在门缝后面站着的是埃马努尔。"快,赶快。"他喊道。门缝只能容爱玛侧身通过，随后立刻又关紧了。"不然的话，外面的热气就全跑进来了。"他解释道。

讲故事不可以拖得太长了，那样就会让听故事的人感到厌烦、没意思和无聊了。实际上，爱玛是经过相当长的时间才彻底搞清楚埃马努尔、他爸爸和姑奶奶的家里所有的一切到底发生了怎么样的变化。刚一进屋爱玛就搓着双手说，好冷啊，这屋子里怎么会这样冷呀，简直是冷得要命了。埃马努尔马上对她解释说，这里的室内温度刚好十分精确地达到了最宜于企鹅生长的要求。关于企鹅的事儿埃马努尔知道得很多很多，而爱玛却知道得极少极少。因此他们二人专门围绕着企鹅的话题就交谈了大半天。如果将他们俩的谈话全部如实记录下来的话，最起码也得写满四页纸。随后，姑奶奶和爱玛关于房子里面鱼腥气味太重的问题所展开的对话也可以记录满三页纸。接下去还可以记录上三页纸的是埃马努尔向爱玛讲述，一位能干的水暖工师傅是如何把房子里的暖气管道改造成制冷系统的。但在讲故事的时候从来都不需要现场录音或者详尽的谈话记录，在我们的故事里只需要讲清楚以下两点就足够了：整个房子里就像节日前夕的水产鲜鱼市场上一样弥漫着一股浓烈的腥气味儿；尽管比尔鲍尔先生为爱玛披上了一个羊羔皮披肩，她仍然感到冷得难受。

国际大奖小说

当大家陪着爱玛走到地下室去参观企鹅的时候,埃马努尔的爸爸悄悄对爱玛耳语说:"喏,你看,我没有言过其实吧?"爱玛等了半天也没有见到企鹅的影儿。地下室里以前储煤用的水泥池子现在已改造成铺着瓷砖的游泳池了,游泳池里注满了冰水,企鹅正在冰水里的什么地方潜泳呢。

"宝贝,宝贝,快点上来啊,你这小家伙不好意思了吧。"埃马努尔一个劲儿地呼唤他,"爱玛很想瞧一瞧你这圆溜溜的大发糕呢!"尽管埃马努尔将握在手上的一条鳍鱼来回地摇晃着,企鹅还是迟迟不肯浮出水面来。爱玛等得不耐烦了,没等见到企鹅就从地下室里跑出去了。地下室里不仅比房间里更冷,而且还持续吹着一股阴凉潮湿的人造冷风,同样也是那位能干的水暖工师傅的杰作。

爱玛不光是跑出了地下室,她一下子就跑到房子外面去了,坐到花园的草坪上去晒太阳。等她身上从地下室里带来的寒潮气都散去了之后,她又转过身朝着石竹花坛去闻花香了。她长时间地做深呼吸,以便把鼻子里残留的鱼腥气都排出去。然后她才朝着房子里面喊道:"你们有谁想跟我说话,请赶快到外面来吧!谁也别指望把我再拉进你们那冰窟窿里去了!"

埃马努尔的爸爸和姑奶奶都走出来了,来到了爱玛坐着的草坪上。埃马努尔没有出来陪客人,他必须要准时去喂他的企鹅。

"比尔鲍尔,"爱玛朝埃马努尔的爸爸吆喝了一声,她讲话的口气就跟她平时在邮局里对丢失了邮件的投递员讲话时差不多,"比尔鲍尔啊,真的是不能再这样继续下去了,否则早晚会出事儿的!我认为,你必须得想出个对策,马上采取行动了!"

"行,我看行。"姑奶奶阿蕾莎接着她的话茬儿说。

"姑姑,"埃马努尔的爸爸立刻叫喊起来了,"我的阿蕾莎姑姑,你怎么可以这样呢?不管是谁说什么你总是说行!埃马努尔要给企鹅修个铺瓷砖、放冰水的游泳池,你马上就说行!现在爱玛说,我必须采取行动去对付企鹅了,你又是马上说行!"

"我是看着全都行啊。"姑奶奶阿蕾莎说。

"你不能够看着什么都说行呀!"埃马努尔的爸爸叫道,"要么你是同意埃马努尔为企鹅所做的一切,要么你是支持我采取行动对付这小怪物。这两者当中你只能够选择一样说行啊!"

爱玛点头表示同意埃马努尔爸爸的观点。可姑奶奶并没有答话,因为她不知道该如何回答,她真的是看着怎么样都行。生活当中有不少像她这样的人,他们能做到对各种各样的人和事都说行,这是相当不容易的。如果不是正碰上像面对企鹅的态度之类非常紧迫而又棘手的难题,他们凭借着能对一切都说行的表态总可以和周围所有的人都相处得很好。

在房子外面洒满阳光的草坪上,谈话持续了很长时间。不过准确地说那算不上是真正的交谈或是对话,因为姑奶奶什么话也不讲,她也没有去听别的人讲话。她只是一边用手去拔除杂草,一边在思索,到底能不能不对所有的事都说行。

她在想:我和埃马努尔一起站在地下室的储煤池跟前时,他对我说,那里特别适合给企鹅建一个游泳池。他说得没有错呀。再说了,谁不知道企鹅是非常喜欢游泳的啊,而且修建一个铺瓷砖游泳池的钱我们也不是没有呀。所以我当然看着这事行啦!每当我侄子总嚷嚷他感到家里冷得要命,自己就好像住到了阿尔卑斯山最高的雪峰顶上一样的时候,每当他抱怨说受不了屋子里的鱼腥味儿,厌恶地上到处乱丢的鱼头的时候,我是非常理解和同情他的。他因此而产生了想要摆脱掉企鹅的念头,我在心里也是认可的。没人能够因此而去责怪他,生他的气。他要采取行动去对付企鹅,我当然是看着行了!

姑奶奶就这么一面想着,一面拔着杂草。她前额上的皱纹都深深地皱起来了,但还是没能想出一个结果来。埃马努尔的爸爸讲话也不多。他真的是再也无法忍受家里当前的情况了,但他又不能把企鹅从埃马努尔那里弄走。他实在是太爱他的埃马努尔了。

"谁都不能够从他所爱的人那里把他珍爱的东西夺走啊。"埃马努尔的爸爸反复念叨着这句话。他再也想不出更多该说的话来了。

然而爱玛想要说的话可太多了。她一说起话来就口若悬河滔滔不绝,因此在草坪上进行的早已不是什么三个人的对话,而变成邮政局主任爱玛的长篇演说了。她说,不管面对什么样令人感到为难的局面,只要肯开动脑筋,理智地思考,就一定能够找到扭转困境的出路。她还说,看起来比尔鲍尔先生和他的姑姑已经没有办法对付当前家里的尴尬局面了,因此现在她准备接手来解决这个难题了,不然的话比尔鲍尔先生的身体早晚会被因持续的重感冒而可能引发的肺炎给搞垮了。更为严重的是,成天到晚和生鱼、阴冷潮湿的空气,以及冰水果在一起,对像埃马努尔这样的男孩子来说是非常有损身体健康的。你们瞧瞧吧,这孩子现在都成了什么样子了!现在早已进入初夏了,小孩子们早都个个晒得黑黝黝的了,可咱们可怜的埃马努尔看上去还像个豆芽菜呢!

听了爱玛讲的这些话,姑奶奶感到她说得很对。比尔鲍尔先生也觉得她说得非常有道理。他深深叹了口气,决心把他自己的命运,特别是把企鹅的命运全部交给爱玛去呵护和处置了。

"就照你想的去做吧，"他说，"不过，你千万不能够让我的埃马努尔伤心难过！这你必须得向我做出保证！"

爱玛郑重地承诺了这一点。

从此之后，爱玛每天都来看望埃马努尔和他的企鹅。她已经在邮局请了病假。"我患上了严重的感冒。"她在给邮政局副主任打电话时，一直用两个手指头捂着鼻子，为的是好让她的声音听上去像是真的得了重感冒。

爱玛每次来看企鹅都会为他带一条很鲜亮的鱼来。那可绝不是投了毒的鱼。爱玛是不会做那种缺德事的，她并不是个有坏心眼儿的女人。她已经放弃了起初打算将企鹅从这个家庭里清除出去的计划，因为她一天比一天看得更清楚了，她根本不可能让埃马努尔去承受那样的打击。

爱玛重新又对眼前的困境琢磨了好长时间。她边想边对自己说，在家里完全没有必要严格按照《企鹅饲养指南》上的规定去喂养一只企鹅。那种书是专门为动物园和动物学家们准备的。狗和猫、花仓鼠和小白鼠，还有小金鱼，在谁家都不是按照书本上的规定去喂养的呀！它们（除小金鱼之外）可以到主人的床上睡觉，可以吃夹心巧克力（甚至包括小金鱼在内），甚至还可以乘着汽车跟主人一起外出度假呢。爱玛总结出了她的观点：它们都已不再是没人管的野猫和野狗了,它们不再是田野里的仓鼠和在地窖里偷食吃的耗子了,它们也不再是池塘里随意游来游去的鱼了。它们都已经变成了家庭宠物!由此爱玛认定,面前这个长着一个长喙、爱嘎嘎叫唤的、黑白两色的小怪物照样也可以被改造成一个家庭宠物,一只不再过分打扰她亲爱的比尔鲍尔先生的宠物企鹅。

爱玛小心翼翼地开始实施她的改造工程了。一开始埃马努尔几乎什么都没察觉到,企鹅最初对所受到的干扰好像也不大介意。他在吞下了爱玛手上举着的榛仁巧克力后就听任她的手来抚摸和轻轻拍打他了。慢慢的,只要爱玛在厨房里一打开冰箱或是烤炉的门,企鹅就会主动凑到她身边去了。爱玛还用一个大个的红气球引逗企鹅走到花园里去。企鹅很喜欢大个的红气球,他摇摆着身体,步履蹒跚地追着滚动的气球行走。等追到了之后他就会用长喙朝前顶红气球,然后慢慢悠悠地继续跟在后面追赶。这时候爱玛就会赶忙跑回房子里去,打开几扇窗子通风换气。

接下来爱玛又为企鹅买来了拴狗用的黄色皮颈圈和一条黄色的皮带。她准备牵着企鹅出门去。起初企鹅非常不合作,不肯戴皮颈圈。他故意把身子跌倒在地面上,抻着脖颈往石头上蹭,试图把颈圈给挣脱掉。他不住地抖动着身子,恼怒地嘎嘎叫唤。但爱玛是个十分坚毅

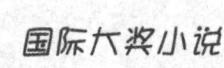

的人,她不达目的誓不罢休。她时而亲昵地抚摸企鹅,用榛仁巧克力或沙丁鱼哄诱企鹅,时而会厉声责骂企鹅,甚至还会哀求企鹅或是滚动大红气球引逗企鹅去追赶。但无论怎样她都不会放松手中牵着的皮带,而是一点儿一点儿地将皮带拉得越来越紧了。

三周之后爱玛终于成功了。一直被她叫作"莫吉"的企鹅乖乖地让爱玛牵着去奶品店买了一盒脱脂牛奶,还到报亭去买了一份报纸。报纸是由莫吉用他的长喙叼回家来的。

说话间已经进入了秋季。爱玛又把那位能干的水暖工师傅给请来了,让他把房子里的制冷装置重新改装成暖气。对她这一举动,埃马努尔没有表示什么异议。但是,当埃马努尔的爸爸请人把游泳池里的冰水排放掉,让送煤的工人通过地下室的窗子把冬储煤一铲铲卸进铺着瓷砖的池子里的时候,埃马努尔就感到有些伤心难过了。"这一来我的宝贝没法再去游泳了。"他伤感地说。

"这不要紧。"爱玛笑着说,"作为补偿我们可以带着莫吉去吃浇上奶油的冰激凌呀!"

她发誓说,莫吉对浇奶油的草莓冰激凌的喜爱程度要远远超过他对游泳池的喜爱。她给企鹅套上皮颈圈,和埃马努尔一起牵着他到冷饮店去了。一路上,企鹅摇摆着身子,慢悠悠地走,还不时清脆地叫唤上几声。"你听,他嘎嘎地叫了,"爱玛对埃马努尔解释说,"嘎嘎叫的意思就等于是说,他感到特别高兴了呀!"

这样埃马努尔也不再感到伤心难过了。

不久以后,爱玛就给邮政局打电话,说她持续了很长时间的,顽固型的,把她折腾得要死的重感冒终于痊愈了。这次她不再用两个手指头捂住鼻子了。

"明天我就可以去上班了。"爱玛在电话里对邮政局的副主任说。

"这令我十分高兴,主任女士。"副主任答道。爱玛放下听筒时得意地微笑起来了。首先她是笑那位副主任,因为她心里很清楚,副主任其实对于她回去上班一点儿也不高兴。他还盼着爱玛的重感冒永远都好不了呢。其次,她微笑是因为她下决心要做的事情终于很出色地完成了。恐怕没有谁能像她爱玛这样把所有的难题一下子全部圆满地解决了的呢。企鹅"APTENODYTES PEN-NANTII",如今已经变成了一个既懂事听话又不特别打扰人的宠物企鹅了。比尔鲍尔先生现在不再没完没了地诉苦了,也不再满腹牢骚了。现在比尔鲍尔家里所有的房间都是暖暖和和的,人人都感到很舒适。天气晴朗的时候,姑奶奶会把窗子都敞开。地下室里的人工冷风早就停下来不吹了。至于冰块,现在只有在厨房冰箱的冷冻室里才能够见得到了。

企鹅现在已习惯于在屋子里摇摆着漫步,到处穿行了。在厨房的餐桌下面有个专门为他摆放着鱼、肉以及其他饲料的食盆。旁边还放着一个装满牛奶的大碗。爱玛已设法培养企鹅养成了喝牛奶的好习惯,因为牛奶里面有丰富的蛋白质和多种营养成分呀。有的时候企鹅还喜欢学家里人那样吞食麦糁粥或燕麦片糊。他对奶油简直有些贪得无厌了。每逢餐桌上摆放着奶油点心时,他就会憨态可掬地踏着慢步,围着餐桌不停地转悠。在坐在桌边的每个人都给了他一些奶油之前,他是不会停下来的。

企鹅的专用厕所设在地下室楼梯后面的小屋里。爱玛在那里摆放了一个装着沙子的大号扁平纸箱。埃马努尔负责每天晚上将纸箱倒干净,再铺上一层干净的沙子。

企鹅最喜爱的玩具是红色的大气球。碰上姑奶奶织毛活儿用的毛线团滚到地上去的时候,企鹅也会慢慢悠悠地跟在后面追。凡是有什么东西在地上滚动,他都会摇摆着身子跟在后头小跑。

每隔一天的晚上埃马努尔都要洗澡。他一洗澡就要把企鹅也抱进浴缸里去。但企鹅可一点儿都不领情,他总是嘎嘎吼叫着,拼命地从浴缸里往外跳,他原本清脆的嘎嘎叫声,到了这时就会变得好像是个罪恶的驴子在

叫唤了。

"你看,埃马努尔,这我早就跟你说过了,他现在已经不再喜欢游泳了呀!"爱玛说道,那天晚上她来串门时,正巧看到了刚从浴缸里逃出来的企鹅。

然而姑奶奶阿蕾莎却怀疑,真正让企鹅受不了的是浴缸里的"紫罗兰"牌沐浴露。埃马努尔每回洗澡都要往浴缸里倒四次这种牌子的沐浴露,而且一倒就是双份儿的。但她并没有把自己的怀疑讲出来,她正在为旁的事儿烦心呢。近来姑奶奶非常郁闷,好像是陷入了六神无主的境地。平心静气地说,完全是姑奶奶个人以往的经历才导致她目前会如此心烦意乱的。最近有些事情让她感到很不顺心,特别的不顺心!由于她已经有好长时间没再这么不顺心过了,所以现在她一下子就不知所措了。大多数人在遇到什么不顺心的事情时,都会设法让自己先逐渐适应它、接受它,然后再慢慢想方设法去排解它、克服它,但姑奶奶可做不到这些。她只会跟自己过不去,让自己的生活完全乱了套。比如她近来做饭时就常把土豆给烧煳了;在厨房里扫地时她会把垃圾扫到橱柜底下去,而不是装到簸箕里面;在烫化纤衬衣时她会漫不经心地把电熨斗开到温度最高的第三档上去;有时候她会举着拿颠倒了的报纸看上半天;她还会端上装着热茶的杯子去浇花盆里的花;用护手霜去擦皮鞋;有一

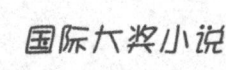

回她还从埃马努尔的算术作业本上撕下一页纸来写她的购物备忘清单……她成天到晚不住地唉声叹气,没完没了地在想过来想过去:不,不,这让我太不顺心了!真是特别的不顺心啊!

让姑奶奶阿蕾莎感到特别不顺心的是爱玛日益频繁的来访。她对这位女士本来并不反感,起初她甚至还对这位女士挺有好感呢。以前,当她的侄子每周一次或是三次晚上不回家,跑去和这位女士约会时,她并没有表示反对过。当爱玛初次登门做客时,姑奶奶甚至还十分高兴。但现在的情况则跟以前完全不同了。比尔鲍尔先生现在已完全倾心于这位成功的企鹅驯兽师——他最亲爱的爱玛了。他总是用满怀着深情的目光注视着爱玛,同样爱玛也是越来越含情脉脉地注视着埃马努尔和他爸爸了。就连隔壁的西门比尔格太太遇见姑奶奶也在问:"您快说说看吧,我的好人,那位经常来的就是比尔鲍尔先生未来的那一位吧?他们什么时候结婚呀?"姑奶奶阿蕾莎听后马上就大声回答:"根本不是!根本就没那么回事儿!"她回答的声音很响,但她心里并不相信自己回答的话。不,但愿根本就没那么回事儿!她在心里这样对自己说。他和她结婚,这让我感到太不顺心了!真是特别的不顺心啊!姑奶奶一向认为埃马努尔、比尔鲍尔先生和她组成了一个三口之家,这是一个十分美满的家庭。在这个家庭中已没有留给旁人的位置了,没人适合再加入到这个家庭中来了,这位爱玛小姐就更不适合当这个家的新成员了。假如要接纳的新成员是个男性的话,那姑奶奶很可能就不会这么想不通了。因为她不在乎多为一个人做饭、熨衣服和打扫房间,她也不计较因为多添了一个新家庭成员而增加许多家务活儿,她更不怕因此家里的开销会加大。姑奶奶真正在乎、真正计较、真正害怕的是爱。

她是这么考虑的:埃马努尔和他爸爸每人都把一定份额的爱献给了她。埃马努尔他爸爸的爱现在是分给埃马努尔和我两个人的,他把自己的爱分给埃马努尔的多一些,留给我的少一些。我觉得这很公平,因为埃马努尔是个小孩子,他需要得到更多的爱。埃马努尔是将自己的爱分给他爸爸、企鹅和我的。现在他分给企鹅的爱最多,分给他爸爸的爱一直就是很多的,但他留给我的爱也足够了。这情况可能很快就要改变了,姑奶奶接着往下一想就心烦了,这个爱玛掺和进来以后麻烦可就大了。她很可能会把埃马努尔和他爸爸留给我的那份爱全部都接收过去了。明摆着的,以后我侄子不会比以前少爱埃马努尔一点儿的,埃马努尔今后也不可能少爱他爸爸一分的,他更不会轻易减少对企鹅的爱了。但我是多么需要他们俩分给我的那份爱啊!那可是我理应得到的爱啊!爱玛很可能会夺走我的那份爱啊!这让我太不顺心了!这让我心烦意乱到极点了!

其实,姑奶奶完全可以换一种方式去考虑爱的问题,她也可以这样去想:这太好了,爱玛这么个好人就要加入到我们的家里来了。我挺喜欢她这个人的,以后她一定也会喜欢我,待我挺好的。埃马努尔和他爸爸因为她的缘故而减少给我的那一部分爱,我完全可以从爱玛那里得到补偿。

但是,姑奶奶阿蕾莎完全不可能这样去想,因为姑奶奶以往的生活中太缺少爱了,所以姑奶奶太渴望得到爱了,也最怕失去爱了。为了能够正确理解这一切,我们有必要先讲讲姑奶奶阿蕾莎的全部故事。

第二章

姑奶奶阿蕾莎的全部故事

姑奶奶阿蕾莎的故事很简单,讲起来很快:她是在大约七十几年前出生的。当她刚满两岁的时候,她的父亲就阵亡在一次大战的战场上了。一年之后她的母亲也因染上肺炎病故了。她有一个哥哥,比她大三岁。母亲去世之后哥哥被玛丽姑妈接走了,她则被送到了凯特阿姨和奥托叔叔的家里。

她在初中毕业后进入商科职业学校学习。学业结束后她就一直在一家公证员事务所里从事文秘工作。她在那里当了四十多年秘书,一直孤身一人生活,从来没有结过婚。几年前她搬到了侄子比尔鲍尔先生的家里,帮着他照看当时还非常幼小的埃马努尔。

姑奶奶阿蕾莎的全部故事就是这么简单,只用三言两语就能够讲完了。不过,如果我们肯多花一些工夫的话,也可以将她的故事讲得更加翔实一些,更加生动具体一点儿:阿蕾莎出生在一幢非常漂亮的小房子里,她

的爸爸和妈妈十分高兴在已经有了个儿子之后,又添了一个可爱的小女儿。小哥哥也很高兴自己有个小妹妹做伴儿了。阿蕾莎的妈妈时常会轻声唱歌给她听,还总是瞅着她微笑。阿蕾莎的爸爸总喜欢抱着她打转转,摇晃她,还爱用自己的鼻子尖儿在她的小脖子上搔痒。小哥哥喜欢用小车推着阿蕾莎在房前的小花园里跑来跑去,还常给小妹妹用纸折小飞机玩儿。

突然间,喜欢在她脖子上搔痒、爱抱着她打转转的爸爸不在了,紧接着常对着她微笑、低声唱歌给她听的妈妈也没有了,就连小哥哥也远远离开了她。一下子在她的身边只有一个陌生的女人和一个陌生的男人了。他们把阿蕾莎放进装有栏杆的小床里,扔给她一个拨浪鼓。阿蕾莎不愿意摇那个拨浪鼓。她使劲儿地号哭,没完没了地大声号哭。她想要回到妈妈、爸爸和小哥哥那里去。阵亡、病故和离别都不是一个小孩子能理解的事情。阿蕾莎一点儿也不明白她眼前发生的这些事儿。

后来不知到了什么时候,阿蕾莎不再号哭了。但从一开始阿蕾莎就不能与身边的那位阿姨和叔叔相互沟通和配合。阿姨和叔叔曾为他们收养了阿蕾莎感到无比的自豪,在当时那可是一桩非同小可的善举啊!他们期望阿蕾莎能知道感恩,能用懂事、听话和快乐来报答他们的善心。可惜的是阿蕾莎始终无法做到这些。她从来都没有爱过那位阿姨和叔叔,她已经根本不再爱任何人了,爱的感觉只还保留在她对过去的美好回忆之中。她期待着有一天能再次体验到爱别的什么人和被别的什么人所爱的感觉。

她的哥哥曾来看望过她。哥哥在玛丽姑妈家已有了两个朝夕共处、亲密无间的表兄妹。他不想在阿蕾莎那里久留,因为他不喜欢待在凯特阿姨家里,他也不愿意让阿蕾莎再像以前那样去爱他了。

当然,后来阿蕾莎在事务所担任秘书小姐期间是完全有可能找到个什么人去爱的,可惜的是那时候她就已经很胖很胖了,她长得不是很好看,性格又不活泼开朗,所以从来就没有人追求过她,她也没有主动追求过任何人。她认为,人世间的爱早都被旁的人们给分光了,因此不会再有留给她的爱了。随着时间的推移,阿蕾莎也就越来越感觉不到她的生活中还缺少点儿什么东西了。日复一日,她白天去事务所上班,晚上回家以后图省事,煎上两个鸡蛋就是晚餐了。饭后她就看报纸,然后刷牙,换上睡衣,一倒在床上就睡着了。有的时候她会做些很奇特的梦。醒来之后她会感到自己充满了渴望。只是对自己到底是在渴望什么,她一直都没搞清楚。直到她来到她侄子和小埃马努尔家之后,她才终于明白了自己所向往和渴望的是什么。比尔鲍尔先生家的住房看上去和过

去她父母的那幢小房子十分相像。她侄子的长相十分酷似他的父亲,也就是她那个哥哥。甚至就连她侄子住房前的小花园也能够让阿蕾莎回忆起她父母房前的那个小花园来。更为重要的是,幼小的埃马努尔和他爸爸都非常需要她付出的爱。到这个时候她才真正感悟到,半个多世纪以来她生活当中缺少的到底是什么。她切身体验到,生活当中只有拥有了爱才会真正地拥有幸福和美满。

姑奶奶阿蕾莎已经在她侄子家里生活六年多了。这些年她过得很舒心,很畅快。她感到生活又像她儿时一样充满了爱,又像她儿时一样美好了。她希望眼前的好日子能够永远持续下去,直到她老死也再不要出现什么大变动了。她常常对自己说:"如今我已经没有那么多时间,再去寻找别的什么爱我的人和我爱的人了。"

姑奶奶阿蕾莎的心烦意乱对企鹅没有丝毫的影响,就连邮政局主任爱玛精心推行的驯化工程,以及比尔鲍尔先生心中暗暗的憎恶对企鹅也没有过丝毫妨害。现在这只小企鹅已差不多长成为一只成年企鹅了,因为企鹅的童年阶段是非常短暂的。对周围的人们为他所做的各种安排,这只企鹅一直都是全盘接受。因为他没有比较,也没有选择,所以他只能够接受摆在他眼前的一切。他从来没有进过动物园,也从未去过马戏团。因此,他不可能对自己说:"啊,我的主人要比动物园里的饲养员可亲可爱多了!"同样他也不可能对自己说:"啊,我每天吃到的东西可比马戏团里的伙食好多了!"当然他也完全不可能这么说:"天哪,我是多么的可怜和孤单呀!动物园里有九只企鹅呢!在那里每只企鹅都能整天生活在亲朋好友的周围。他们的生活过得多么滋润,多么美好呀!"

这只企鹅对比尔鲍尔家大门外的生活一无所知,可起码他总应当熟悉一些企鹅本身的事情呀!但让他到哪儿去熟悉这些事情呢?迄今为止他连一只企鹅都还没见到过呢。他低下头去瞧自己,也只能够看到自己的下半身,而那只是一只企鹅身体的一部分啊。比尔鲍尔先生家里所有的镜子都挂得特别高,因为这里早先的房主是位身材异常高大的男子。而比尔鲍尔先生一向对照镜子就不大感兴趣,所以搬进这幢房子之后他就没有把镜子再重新挂过。在过去那位高个子房主刮脸、保养胡须用的那面镜子跟前,姑奶奶可以瞧见自己头顶心上长着的头发。在早先房主用来观赏自己肚脐的镜子前面,比尔鲍尔先生清早起来正好可以照着刮脸。反正无论如何企鹅在这幢房子里是照不到镜子的,他没有机会通过照镜子来看到一只企鹅是什么样子的。

总而言之:这只企鹅一直不知道自己长什么样子,也压根儿不知道自己是一个企鹅。

这样当然不好了!这样早晚是会出现问题,碰到麻烦的!现在他既能吞食各种鱼类,也喜欢吃奶油,既能躺卧在地下室的储煤池边上,也可以睡在壁炉后边铺着的皮褥子上面。他会自己走到装着沙子的纸箱子里去上厕所。他兴致好的时候会摇摆着身子行走,去追赶滚动着的大红气球。所有这些他都能做到,而且还都做得很不错。但是,他确实不知道自己是谁。

也许尽管如此他照样能活得很快活,但往往只需一件无关紧要的小事突然出现,就能将他平静的生活彻底打乱,让他的生活一下子完全变了样。在我们的故事里,西门比尔格太太偶然产生的一个想法就正是这样一件无关紧要的小事。

出奇怕冷的西门比尔格太太有一位属于社会名流之列的女友。那是一位长相非常富态的老太太,在一个动物保护协会担任着荣誉领导职务。她常到西门比尔格太太家来串门。当她们坐在一起喝咖啡、吃点心的时候,这位长相非常富态的名流人物总喜欢向西门比尔格太太讲起动物收容所里那些可怜、孤独的动物来。

有一回,她先给西门比尔格太太讲的是,动物之友们是如何在最后几分钟将一匹三十三岁的老马从屠宰场里解救出来的,接着她又谈到了关于蟒蛇和兔子的复杂问题。因为蟒蛇总是喜欢吞食兔子,所以如何同时对

第三章

一只非常肥实的老猫的完整故事

有一家城里人曾自驾车到乡下去度假。那是一个由爸爸、妈妈、女儿和儿子组成的四口之家。他们在一个农民的田庄里租了一间有自来水龙头的房间。每天清早他们先到那家农民的厨房里去吃早餐,然后他们就一起外出去徒步漫游,躺在露天地里晒太阳。碰到阴天下雨时他们就会不高兴,就会骂骂咧咧的。当雨下得特别大的时候,爸爸和妈妈就会待在那间有自来水龙头的房间里,躺在大床上看书。爸爸看的是一部侦探小说(讲述发生在一家酒精工厂里的双重谋杀案),妈妈读的是一本女性言情小说(描写一个女护士和牙科医生的狂热恋情),他们的两个孩子就会跑到奶牛棚里去,和在那里跑来跑去的小猫咪们嬉戏玩耍。本来那一窝小猫咪总共是七只,但在它们出生后不久就让田庄里的农民弄死了四只。剩下这三只没被弄死只是因为当时农民没有找到它们,猫妈妈把它们藏到奶牛棚外面的干草垛里了。等猫

妈妈将这三只小猫再带回牛棚里的时候，它们都有三个星期大了，心地善良的农民自然不忍心再去追杀这么大的小猫了。因此两个城里来的孩子下雨天就能够在牛棚里和三只小猫尽情玩耍了。他们俩特别喜欢其中一只长着雪白肚皮的小黑猫。等到假期要结束时，他们很想把那只白肚皮的小黑猫带回家去。他们俩向父母发誓说，如果能满足他们把小猫带回家去的愿望，他们就保证绝不再要任何生日礼物了，甚至就连复活节和圣诞节的礼物也都可以不要了。假期的最后一天恰好是女儿的生日，而妈妈又没把本来准备当生日礼物送给女儿的新毛衣织完，所以她只好同意女儿带小猫回家了。这样那只长着白肚皮的小黑猫就被装进了一个有盖子的篮子里，放到了汽车的后座上。这只小猫在汽车上头一次浑身发抖，不住地打起哆嗦来了。坐在旁边的女儿看到了就说："这只小猫一定是怕冷了，瞧，它一直在发抖，打寒战呢！"其实在汽车里面小猫是不可能感到冷的。这只小猫浑身发抖完全是由于她感到害怕、孤单的缘故。她想找她的妈妈和小兄妹，她想回到她所熟悉的干草垛和奶牛棚里边去。

回到城里之后，在女儿的房间里，猫打哆嗦和浑身发抖的程度开始慢慢减轻了。但这并不是像女儿所相信的那样，因为屋子里很暖和的缘故，而是由于女儿时常会轻轻地抚摸这只小母猫,这能将小猫的惊恐、悲伤和孤单一点儿一点儿地驱除掉。

大约是过了两年以后,这只母猫就不再无缘无故地打哆嗦、浑身发抖了。有一天女儿带着猫到街上去遛弯儿,当时她是把猫抱在胳膊上的。迎面驶来的一辆挂着拖车的巨型卡车突然来了个急转弯,发出了刺耳的噪声。这种可怕的噪音在猫的耳朵听起来当然要比人的耳朵听上去更加难以忍受。受到惊吓的猫猛地就从女儿的臂膀上蹿到地面上,拼命地跑走了。这只猫跑呀,跑呀,越跑越远,越跑越远。奔跑着的猫一路上居然没有被汽车撞死,这可真是个奇迹了。后来猫终于停住不跑了,那是在一个公园里的丁香花丛旁边。那里还能听到从大街上传过来的嘈杂声,但听上去已经不再那么吓人和不堪忍受了。

那只母猫几次想要离开公园,回到女儿的家里去。但每次猫刚一走近公园门口,就又被来往汽车的可怕噪声吓得跑回了丁香花丛边。这时候惊恐、悲伤和孤独感再次向这只母猫袭来。她又开始浑身发抖,很厉害地打起哆嗦来了。一位正在公园里散步的老人偶然发现了这只猫,就把她抱回家去了。为了让刚捡回来的猫不再发抖,老人往壁炉里添了双份的木柴,接着还给猫拿来了肉和一盆牛奶,并用他那苍老但很温和的声音跟猫说

话。在这位老人的身边猫很快就不再打哆嗦,不再浑身发抖了。

　　猫在这位老人的家里一待就是四年多。有一天清早,猫照例跳到了老人的床头上,想去唤醒老人,等着老人给她拿肉和牛奶。猫用前爪轻轻碰老人的身子,用猫鼻子去蹭老人的脸,但老人一动也不动。他死了。

　　过了好几天,住在同一栋公寓楼里的人们才注意到老人最近一直没有出来倒垃圾,也没到外头去买吃的东西。当老人房门上的锁被从外面砸开时,那只猫正蹲在门后不住地发抖打哆嗦呢。当时屋子里面的确相当的冷。女邻居看了自然会想,这只猫一定是冷得直打哆嗦了,而不会想到猫是因为没人跟它说话而悲伤,也不会想到猫是因为没人抚摸它而感到孤单,是因为见到老主人一动不动而吓坏了。但女邻居能够想到,猫已经好几天没吃过东西了,猫一定是饿了。她把猫抱起来带回家去,给她打开了一个油渍沙丁鱼罐头。这位女邻居并不是个爱猫的人。她刚刚离了婚,前夫几天前才从家里搬出去。现在家里面空荡荡的,她一个人孤零零的有点儿害怕,所以她才决定留下这只猫做个伴儿。但是她完全不懂得应该如何照顾猫,也根本没心思去照顾猫。有时候她还会对着猫大发脾气,不是因为猫爪子在家具上挠出了痕迹或是抓破了枕头,就是因为猫卧在她的毛衣上面睡觉,落了不少黑毛在浅色的毛衣上,再不就是因为猫在从桌子跳到柜橱顶上去的时候碰翻了花瓶。遇到这种情况时女邻居就会顺手抄起一只拖鞋朝猫扔过去,嘴里还不住地高声叫骂着。在这种生活环境中,猫的惊恐、悲伤和孤独感自然是不可能消除的了。猫在这里很少有不浑身发抖、不打哆嗦的时候。女邻居常指着猫说:"你这个冻死鬼,我还从来没见过像你这么怕冷的猫呢!"后来女邻居又认识了一个愿意跟她结婚的男人,但那个男人特别不喜欢猫。"要我还是要猫?"他对女邻居说,"你必须马上做出决定来!"女邻居做出决定一点儿也不困难。她立刻就把猫装进一个旅行袋里面,开着汽车直接去动物收容所了。

半路上她忽然想到,可能在动物保护者的眼里她现在的做法是极不光彩的,甚至是很卑劣的。于是她灵机一动,马上就瞎编出了一个猫的故事准备讲给动物收容所的荣誉领导,也就是那位长相非常富态的老太太听。

第四章

瞎编出来的马达加斯加故事

妈妈长得非常漂亮。她有着一头金黄色的鬈发和一双迷人的蓝眼睛。她经营着一家小小的纽扣商店。店里有好多个摆放着各种各样纽扣的小抽屉。有一天,一个年轻的男子走进了她的店里。他的外衣上掉了一个纽扣。妈妈打开一个又一个小抽屉去搜寻那种型号的纽扣,找了好长时间。就在妈妈到处去找纽扣的时候,那个年轻的男子爱上了她。妈妈终于找到了一个同一型号的纽扣,并亲手将纽扣缝到了那年轻男子的外衣上。就在缝纽扣的时候,妈妈也爱上了那年轻的男子。两个人立即就坠入了爱河。

那年轻的男子是个外国人,他来自马达加斯加,但他不是个黑人。他很想和妈妈结婚,但事情偶然出了岔子,那完全是一场误会。妈妈以为那年轻的男子是想要在"金钟酒店"和她相会的,而那年轻的男子以为妈妈是想要在"金球酒店"和他相会的。这样一来他们二人就各自坐在两家不同的酒店里等着对方,一直等到半夜酒店关门停止营业。他们二人都是一边等候一边在想:对方一定是不再爱自己了。那年轻的男子开始想到要去自杀。他横躺到有轨电车的轨道上,等着电车的车轮把自己截成三段。可惜的是电车早都停驶回到停车场里去了,那时候已经是午夜了呀。那年轻的男子在电车轨道上躺了好长时间,后来因为冷得难受,才放弃了继续躺在那里等死的念头。他走到妈妈住的小房子前面,按响了门铃。但按了老半天也没有人来开门,因为妈妈那时还躺在大街的电车轨道上等死呢。妈妈所躺的地方就和刚才那年轻男子卧轨的地方相距不太远。那年轻男子连续按了十分钟门铃之后妈妈的女邻居走出来了。她穿着绒布睡衣,头上戴满了卷头发的发卷儿。她正为有人深更半夜不住地按门铃吵得人没法睡觉而破口大骂。她没好气儿地告诉那年轻男子,妈妈老早就出去了,去和她最心爱的年轻男子约会去了。当时那年轻男子根本就没想到,女邻居说的最心爱的年轻男子正是他自己。"这个朝三暮四的女子,"他气急败坏地高声嚷道,"这个不相信神明的荡妇!"他转身就跑走了。

当然半夜里也不会再有电车开过来轧死躺在轨道上的妈妈了。妈妈躺了好久之后也爬起来回家去了。女邻居对她讲了刚才那年轻男子按门铃来找她的情景,特

别将那年轻男子咒骂她的话如实学给了她听。妈妈哭了,妈妈哭了整整九个月。一直到我出生,妈妈才不再哭了。不久之后妈妈的纽扣商店又重新开张营业了。

日子就这样一年又一年地过去了,一晃就是十年,再一晃又是十年。如果不是当地的《画报》上开辟了一个新的系列专栏的话,很可能我们平静的生活就不会再发生什么改变了。新专栏的题目是"一个永远也讨不回来的公道",副标题是"读者讲述自己生活当中的不公正遭遇"。谁能把自己的不公正遭遇写得让办报纸的人们看上了,给登到报纸上面,他就能够得到五百欧元。

妈妈这时已经很老了,她的头发早都变白了,但她还是坚持每天坐在纽扣商店的柜台后面,当没有人走进店里来买纽扣的时候,她就坐在那里写自己年轻时候的故事,写她曾如何徒劳地坐在"金钟酒店"里面傻等,写她是如何不想活下去了,如何躺到电车轨道上去等死,以及她等不来电车回到家里之后女邻居是如何对她转述那让她感到无比伤心的咒骂的。她故事的最后一句话写得特别好,她是这样写的:"但是,我早已原谅了他所做的一切,因为他肯定不会知道他都做了些什么。"

不仅是因为故事的最后一句话写得好,而是由于整个故事都让人深受感动,妈妈得到了五百欧元。人人都能够在《画报》上读到妈妈的故事了。

蟒蛇和兔子进行有效的保护一直是个困扰着动物保护者们的难题。然后她就讲起了已经在收容所里待了好几个星期的一只猫来了。那是一只非常肥实的老母猫,她的主人快要移民到马达加斯加去了。因为马达加斯加不许可猫入境,她的主人才把她送到收容所里来的。长相非常富态的老太太说,那只非常肥实的老猫出奇的怕冷。尽管动物保护志愿者已经特地在她的笼子里放了一个电取暖器,她还是一个劲儿地打寒战,浑身打哆嗦。"那只老猫就跟你一样怕冷!"最后那位女友笑着说。就在这一刻西门比尔格太太产生了一个想法,一个无关紧要但足以将我们的故事带入极度混乱局面中去的想法。

特别怕冷的人和特别怕冷的动物是休戚相关的,是属于同一个群体的,这就是西门比尔格太太当时所想到的。于是她当场就对女友说:"我想领养那只可怜的老猫!在我的家里谁都不会挨冷受冻的!"第二天西门比尔格太太就预先订好了出租车。她带着驼绒被子和鸭绒软垫登上出租车直奔动物收容所,把那只非常肥实却又特别怕冷的老猫接回了家。

在这里必须马上加以说明的是,猫原本是不大可能特别怕冷的。当然猫也是很喜欢温暖的,每一只猫都希望自己能有个暖和的窝儿。但是,猫在荒郊野外到处跑来跑去是非常正常的事,就是在严寒的冬季也照样如

此。在冰天雪地里,猫也可以长时间暗中守候着飞到花园里来觅食的小鸟。为了弄清楚那只长得非常肥实的老猫到底为什么总是打寒战,浑身发抖,我们非常有必要讲一讲这只老猫的完整故事。

Die Geschichten von der
Geschichte vom Pinguin

不幸的是没过多久妈妈就因病去世了。又过了两年，在马达加斯加有一位非常富有、但十分孤独的老人收到了他在德国的侄女寄来的圣诞节包裹。邮包里有一双手织的厚毛线袜和一大块传统的德式圣诞蛋糕。毛袜子和蛋糕之间的空隙都被他侄女用团起来的旧报纸塞满了，为的是防止邮包在长途邮递过程中被邮政员工抛来掷去把蛋糕给弄碎了。

尽管圣诞蛋糕寄到马达加斯加时已经有哈喇味儿了，尽管在马达加斯加没人会穿厚毛袜子，那位非常富有、但十分孤独的马达加斯加老人还是为收到蛋糕和毛袜而感到很高兴。就连那些团成团儿的旧报纸也让老人感到高兴。他把旧报纸展平了，从头到尾地都读了一遍，非常偶然地在一页旧《画报》上读到了妈妈的故事，他立刻看出来那写的就是他自己的故事。老人伤心地哭了起来，他万分懊悔自己以往的行为，懊悔当年酒店的误会。他坐下来给妈妈写了一封长信。

我把那封马达加斯加的来信带到了妈妈的坟墓跟前，大声念给她听。回到家里之后，我也给我爸爸写了一封长信。很快我就收到了爸爸寄来的回信。明天我就要出发到爸爸那里去了，可惜的是我不可以带着这只猫一起去马达加斯加。

这就是瞎编出来的马达加斯加故事。令人遗憾的是

由于其中有多个偶然和误会出现,把故事拖得相当长了。要将这么复杂的过程讲清楚不得不花费较长时间,尤其是对误会的描写不可避免地会烦琐一些,因为这在现实生活当中是难得出现的。但是,在现实生活中的确有不少的人对这类误会抱有好感和期待,他们总是把误会看作生活当中的一种安慰剂。如果有人读了这个故事后这样去想:"唉,生活当中有些人怎么总是这样多疑和急躁啊!居然糊里糊涂地就把自己最心爱的女人骂作'朝三暮四的荡妇',抬起腿来就走掉了,就这么扔下卖纽扣的女人和孩子不管了……"那他这么想着想着就一定睡不着觉了。但如果他在读完这个故事后能够这么去想:"这可真是太遗憾了,偶然出现的一个误会就把两个相爱着的好人给拆散了。多么可惜呀!"这样一来他就会容易入睡得多了。等他进入了梦乡之后,他很可能就会梦见,所有的误会全部被澄清了,生活中的一切又都恢复正常和美好了。

动物收容所里那位长相非常富态的女士对瞎编出来的马达加斯加的故事深信不疑。因为她对误会特别抱有期待,甚至可以说她简直是对误会持有某种好感了。她现在的正常生活就是靠着相信误会来支撑,或者说是糊弄着。她已经有六十多岁了,在这六十多年当中,几乎每年她都遇到一些让她伤心难过和无法理解的事情。

无法理解的事情总是最让人难以容忍和承受的呀！

举个例子来说吧，这位女士曾经跟一个男人共同生活过。她和他在一起同居了三个月。那期间她每天给他做饭、洗衣服，一大清早就跑出去为他买报纸，还时常给他补破袜子。有一天那个男人对她说，周末他必须到他姐姐家去一趟。他还说，下星期一早上他就会赶回来的。这位女士亲自把他送到了火车站，火车开动后朝他挥手告别，还给了他一个飞吻。星期天晚上她特地烤制了一个圆锥形的蛋糕，准备他周一回来当早点吃。但那个男人周一早上没有回来吃早点。到了晚上他也没有回来。他没有寄信回来，屋里的电话铃也从未响过。这位女士跑到警察局里去打听，是不是有火车出了事故了，是不是有个男人在什么地方被车给撞了。在那个周末倒真是有好几个男人在车祸中遇难了，也有一列火车出了轨，造成了一个男人丧生。但受害者的姓名都与这位女士所打听的完全不相符。

整整一年里这位女士都在等候那个男人。她曾通过户籍管理处去查询过他姐姐的住址。"安娜·希拉克，"那个男人曾经对她说过，"是我姐姐的名字。"他还讲过，他姐姐住在林茨市。但这位女士从户籍管理处得知，在林茨市根本就没有名叫安娜·希拉克的居民，在整个上奥地利州里都没有叫这个名字的住户。后来有一个熟人曾

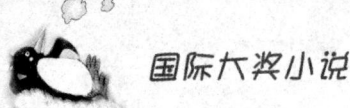

告诉这位女士,"安娜·希拉克"是一种洗发水的牌子,几年以前曾是很畅销的品牌。

要是这位女士不相信误会存在的话,那岂不就太奇怪了吗?

现在该是我们转回头来接着讲讲埃马努尔的时刻了,不然的话埃马努尔可能就会从我们的故事中溜走了。

西门比尔格太太带着驼绒被子和鸭绒垫子乘出租车去动物收容所的那一天正好赶上埃马努尔过九周岁生日。姑奶奶阿蕾莎专门为他制作了一个芥末黄瓜丁大蛋糕,还插上了九根小蜡烛,作为生日礼物。芥末黄瓜丁蛋糕是姑奶奶最拿手的特色名点,不光看上去很漂亮,而且味道既独特又好吃。这生日蛋糕是这样制作出来的:

芥末黄瓜丁蛋糕用料及制作方法

(可分为十二份食用)

取特大号圆面包一个,不用通常的切法,而是平着用刀按水平方向将面包片成薄片。将面包片出的片数尽可能地多,而且每片都是同样的厚薄是制作这款点心的关键所在。在每一个面包薄片上涂上黄油后,分别夹上羊奶酪、斯洛伐克山羊奶酪、法式软奶酪、大理石硬奶酪和本地特产的鲜奶酪,在每种奶酪上面还要铺上一层意大利风干香肠的薄片。接下来再将这些面包片依次码放成蘑菇头状的小山丘,在小山丘的表面薄薄地涂上一层橙红色的奶油,然后再将芥末黄瓜丁均匀地撒在奶油的上面,再用切成小段的香葱做些小装饰即可。

爱玛送给埃马努尔的生日礼物是她手织的红羊毛围巾,围巾的编织说明是这样的:

毛围巾编织说明
（供儿童使用）

40针起头,每行均为先织2针平打的下针,接着再织2针反打的上针,然后照此规律重复下去。正反两面各织够400行后即可收头。

如果将生日蛋糕制作方法和围巾编织说明放在一起仔细加以比较的话,至少能够看出三点来:

一是姑奶奶阿蕾莎比爱玛有更丰富的想象力。

二是姑奶奶阿蕾莎用不着像爱玛那样刻意下工夫,花力气。

三是姑奶奶阿蕾莎所做的要比爱玛所做的更不寻

常，更不一般。

比尔鲍尔先生送给儿子的生日礼物是一个新书包，因为埃马努尔非常希望能够得到一个新书包。一个火红色的、带金色拉链的新书包。埃马努尔完全是为了代课女教师的缘故才急切地想要有这样一个新书包的。

在我们的故事当中从来还没有讲到过小学生埃马努尔和学校方面的事情，因此我们现在必须得从头讲起。

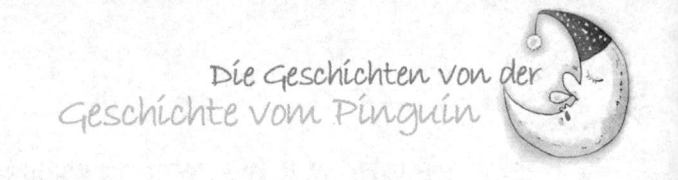

第五章

埃马努尔在学校的故事

埃马努尔属于中不溜儿的小学生。他学习不是特别的刻苦,但也不算特别懒惰。在教室里上课时他偶尔会打瞌睡。当教师在讲解辅音字母在不同搭配中发音的变化时,他会开小差去想他的小企鹅。但当他对讲课的内容真正感兴趣时,他在课堂上就会表现得非常积极主动,回答问题时也能说出一些经过认真思考、很有智慧的话来。

埃马努尔和班上所有的同学都很合得来,但是他在同学当中没有特别要好的朋友,那只不过是因为他住得离学校太远了,他每天需要乘坐九站公交车才能到达学校,而其他同学大都住在学校附近。友谊是经受不住那么远距离考验的,好朋友必须得是随时在你身边的呀!

埃马努尔和班主任老师相处得不大好。他不喜欢那位胖胖的女教师,她身上的肉都是软嘟嘟的,就像果冻似的会来回摇晃,隔着她穿的裙子都能够瞧见她的大肚子在上下抖动。这让埃马努尔觉得挺可怕的。他的姑奶奶也腆着个挺大的肚子,但姑奶奶的大肚子是用紧身围腰包裹着的,结实得就像是个木头肚子,不会晃荡,也不会抖动。还有,那位女教师的眼神也让埃马努尔受不了,他总觉得班主任的那双眼睛很像毛绒玩具熊的眼睛。每当下课铃声响起来时,埃马努尔就特别高兴,因为他又可以不去面对那个女教师了。

有一天,准确地说是在一个星期四,埃马努尔走进教室后发现坐在讲台后面的不是那位身上的肉像果冻一样软嘟嘟的、眼睛和玩具熊差不多的班主任老师,而是一位身材苗条,长着金黄色的头发和天蓝色的眼睛,在小巧的鼻子长着七颗雀斑的年轻女教师。原来是班主任老师得百日咳请病假了。(大人是不大容易得百日咳的,但大人一旦患上了百日咳就不会很快治愈,往往需要长时间的治疗和卧床休息。)埃马努尔一瞧见这位年轻的代课女教师就喜欢上她了。整个一上午他都没有开过小差,在课堂上连一次也没有想过他的企鹅。他一直都在目不转睛地注视着代课女教师天蓝色的眼睛和她鼻子上的雀斑。

从这一天开始埃马努尔每天清早都是高高兴兴地去学校了。他非常希望有个新书包,为的就是能让代课女教师注意到他,喜欢上他。

Die Geschichten von der
Geschichte vom Pinguin

班上所有的孩子都很喜欢代课的年轻女教师,而埃马努尔简直就是迷上她了。因为他总是在想着这位代课女教师,以至于放学回家以后都快把他的企鹅给忘记了。以前他几乎整个下午都是和企鹅待在一起的,现在他需要用更多的时间去写作业了,因为他把作业本上的每个字母都很用心地写成了美术字体,还要在每一页练习的边上画上装饰线条。写完了家庭作业之后他就会坐到摇椅上面,闭上眼睛回想代课女教师天蓝色的眼睛和她鼻子上的雀斑。当企鹅摇摆着身子走近他,对着他嘎嘎叫时,埃马努尔就会说:"别叫了,让我再多做一会儿梦吧!"企鹅不明白他的心思,他仰卧在埃马努尔跟前,等着他用手在自己的白肚皮上搔痒。听到了企鹅不满的嘎嘎叫声后,埃马努尔才弯下身去敷衍地在企鹅的白肚皮上搔了几把,但他这时的搔痒是没有包含着任何感情的。他心里所想的还是鼻子上的雀斑和天蓝色的眼睛,直到这一刻埃马努尔还不明白,为什么鼻子上长着的雀斑,天蓝色的眼睛和企鹅一样,对他来说都是如此重要。人们有些时候对自身的重要事情真的会是懵懵懂懂弄不明白的。但我可知道为什么鼻子上的雀斑和天蓝色的眼睛对埃马努尔是如此重要。这可是一个过去很长时间的故事了。

第六章

埃马努尔和回忆的故事

几年以前,埃马努尔还很小的时候,他也跟别的孩子们一样有过一个妈妈,一个非常快乐和开心的妈妈,一个总是笑容满面的妈妈,一个很爱唱歌的妈妈。那时妈妈常把他抱在怀里,用手指头在他的肚皮上搔痒,喂他吃饭,用童车推着他去散步。每当他的嘴巴上和两只小手上沾满了黏糊糊的巧克力时,妈妈就会笑着给他洗干净。

在妈妈小巧的鼻子上就长着雀斑,她也有一双天蓝色的眼睛。那时妈妈很喜欢穿一件印花连衣裙,在玫瑰红为底色的布料上印着数不清的小企鹅。小企鹅是黑白两色的,有七厘米那么长,每个小企鹅都长着一个橙红色的长喙。

妈妈希望在过生日时能得到一辆属于她自己的汽车,于是比尔鲍尔先生就送了一辆汽车给她作生日礼物。妈妈很喜欢在高速公路上开车,有时她把车子开得太快了,因此没过多久她就在一次车祸中不幸遇难了。当时埃马努尔和比尔鲍尔先生都不在她的车子里面。埃马努尔对妈妈的记忆已逐渐淡薄了。现在他已经很少再有意识地回忆起妈妈了。他也曾努力地尝试着回忆过,可妈妈说话的声音是什么样的,妈妈长的是什么模样的,她身上的气味是怎样的,摸着她的脸时会有什么样的感觉,所有这一切他都再也回想不起来了。但尽管如此总还有某些记忆会悄悄保留下来的。所以当埃马努尔一看到鼻子上的雀斑或是天蓝色的眼睛时,他就会不由自主地感到高兴。当他看到一个人的鼻子上长着雀斑,又有一双天蓝色的眼睛时,他心里就会感到无比温暖。那种感觉就跟严寒的冬天坐在一个木柴正在噼啪燃烧着的壁炉旁边时一样的温暖舒服。另外,为什么埃马努尔不像别的孩子们那样喜欢金鱼、小白鼠、小猫或是小狗,而唯独喜欢企鹅做他的宠物,大概也能够从这个回忆故事中得到充分的解释了,对此甚至还有过一个很直接的证据:

有一次埃马努尔曾经问过他爸爸:"为什么我的企鹅没长着一个橙红色的喙呢?"比尔鲍尔先生的回答是:"为什么他一定要长着一个橙红色的喙呢?"埃马努尔听后耸了耸肩膀,他自己也不大清楚,为什么会认为企鹅应该长着一个橙红色的喙。比尔鲍尔先生早就不记得埃马努尔的妈妈曾有过一件企鹅连衣裙的事了。但是这件衣服至今还在,不过已经不再是一件完整的连衣裙,而只剩下一块从那连衣裙上撕下来的方方正正的布片了。它现在变成了西门比尔格太太的擦鞋布。事情的经过是这样的:当红十字会发起募集旧衣物的活动时,姑奶奶阿蕾莎把在家里找到的旧衣物装了满满一大口袋,堆放到了大门外边。那天西门比尔格太太碰巧正从门前走过,她一眼就看到了塞在口袋最上面的颜色鲜亮的企鹅连衣裙。因为当时她正需要换一块新的擦鞋布,所以她一下子就看上了那件裙衣柔软的布料。于是她就把那件连衣裙从口袋里抽了出来,从裙子的前片上撕下一块布来拿回家去了。从那时起,她就用这块印着小企鹅的花布去擦鞋子了。当然,她绝不会想到她是在拿着一块别人的记忆擦自己的鞋子。不过当她在用这块薄薄的玫瑰红色印花布擦亮皮鞋时,也会唤起自己的一些记忆来。她会想到:你瞧这布料薄得就跟小旗子差不多,想当年可怜的比尔鲍尔太太居然到了九月还穿着它在花园里转来转去哪!唉,这个可怜的女人要不是不幸让汽车给撞死了,迟早也非得冻死不可!

　　发生在埃马努尔九岁生日和西门比尔格太太把老猫接回家那一天的事情就和回忆没有多大关系了。在那一天里出现了不少新的情况。令人高兴的是那只非常肥

Die Geschichten von der
Geschichte vom Pinguin

实的老猫来到西门比尔格太太家以后就不再没完没了打哆嗦浑身发抖了。令人遗憾的是埃马努尔从学校回来之后就待在自己的房间里没完没了地哭起来了。那天早上他是满心欢喜地背着新书包去上学的,没想到他刚一走进教室就发现,站在讲台旁边的又换成原先那位胖班主任老师了。她笑着点头说:"你好,埃马努尔,我的病已经全好了!"

埃马努尔伤心难过得连一口芥末黄瓜丁生日蛋糕都没吃,他也没有把插在蛋糕上的生日蜡烛吹灭了。九根小蜡烛一直点燃到了贴近橙红色奶油层的地方,芥末黄瓜丁全都沉入了融化的奶油和混杂在其中的蜡烛油里面。变了形的生日蛋糕看上去脏兮兮的令人大倒胃口,就连企鹅都不乐意去舔那上面的奶油了。新的红羊毛围巾被埃马努尔用来擦拭眼泪和鼻涕了。有金黄色拉链的新书包早就被他扔到了楼梯底下、企鹅厕所旁边的角落里去了。要是他不能够再见到那位代课女教师的话,他是绝不想再瞧见那个书包了,他甚至都不想再看到旁的任何人了。

企鹅比姑奶奶阿蕾莎更不明白埃马努尔此时的烦恼。(埃马努尔的爸爸和爱玛此时还一点儿也想不到,过生日的埃马努尔会这样不开心、不痛快哪!此时爱玛还在邮政局里上班,埃马努尔的爸爸正在做他的生意。)企

鹅将他的头靠在埃马努尔的膝盖上,对此埃马努尔没有任何反应。企鹅又摇摆着身子围着大红气球绕圈行走,埃马努尔也没有扭过头去瞧他一眼,接着企鹅又走到埃马努尔身边,朝着他腆起肚子来,等着埃马努尔拿手在上面搔痒,可埃马努尔好像什么都没看见。这叫企鹅也感到厌倦了。他走到房门前面,嘎嘎地叫个不停。姑奶奶走过去问他:"肥鹅,你要干什么啊?"企鹅用他的长喙叩打房门,姑奶奶明白了企鹅的想法,给他把房门打开了。

  那时已经是严寒的冬季了。外面很冷,还刮着大风,但正是这种天气才会让企鹅感到特别痛快。他先慢慢悠悠绕着房子行走了三圈,然后就朝着靠近西门比尔格太太家房子的篱笆墙走去。花园的四面都有篱笆墙围着,但企鹅只乐意走到这一边的篱笆近旁去。他不喜欢站到临街那边的篱笆跟前去,因为那里有来往的汽车和难闻的汽车尾气。(企鹅只有和爱玛在一起时才肯到大街上去,那只是因为跟着爱玛可以吃上草莓冰激凌。)花园后面的篱笆墙企鹅是不敢走近的,因为那边正对着房后那家邻居的狗窝。谁刚一走近,那个看家狗就会狂吠起来,那只狗张牙舞爪的样子十分可怕。企鹅不愿意走到第四面篱笆旁边去则是因为那边不是有草坪割草机在响动着割草,就是有圆盘电锯切割木柴的刺耳的尖叫声。那家邻居开动电器工具的噪声要比看家狗的狂吠更加让企鹅感到可怕和不堪忍受。

企鹅站立在篱笆墙跟前观看着西门比尔格太太家的房屋。他看见厨房的窗台上放着一个平底煎锅,他看见厕所的窗台上摆着两卷备用的卫生纸,他看见客厅的窗台上有橡皮树的花盆,在橡皮树的旁边他看到了一个他从没有见过的东西,这叫企鹅一下子变得异常兴奋。他来来回回、来来回回地不住奔走,吱嘎吱嘎地高声叫个不停。他的叫声很快就盖过了割草机和圆盘锯轰鸣的嘈杂声,以及对面看家狗的狂吠声。他甚至几次尝试着从篱笆墙上头翻过去。当他无法做到时,他就用身子去冲撞篱笆,并试图用硬喙把篱笆砍破。企鹅在花园里闹腾的声响是如此之大,以至于坐在屋子里的姑奶奶都感到耳朵里面直轰鸣,让人都快要眩晕了。但这时姑奶奶的烦心事太多了,她正在为自己,为爱玛的事,特别是为了爱而忧心忡忡呢,因此她顾不上去干涉企鹅反常的闹腾了。她只是无奈地举起双手堵住了自己的耳朵而已。

企鹅那么大动静的闹腾和叫唤在西门比尔格太太的房间里自然也能够听得到,窗台上那个蹲在橡皮树花盆旁边的东西已经开始发抖、打哆嗦了。很快她就从窗台上跳下去,不见了。但企鹅还是在吱嘎吱嘎地尖叫个不停,他千方百计地想把那个长着白肚皮的黑家伙给叫唤回来。这时候企鹅的头脑已经完全混乱了。他看到那

个黑白相间家伙的下半身和他自己的下半身是一样的，（在激动之中企鹅把猫的尾巴完全忽略掉了。）于是确信现在他终于发现了一个和自己一样的东西。他以为，如果下半身是一样的，那上半身就一定也是一样的了。因此企鹅相信，在那窗台上边蹲着的家伙就是他的同类，他就是那在窗台上蹲着的家伙的同类。显而易见，企鹅已经对那只非常肥实的老猫一见钟情了！

最初几天没有人察觉到企鹅已陷入恋情之中的迹象。现在爱玛只有在晚上下班后才会来串门，那时企鹅早已卧在为他铺着的皮褥子上睡着了。比尔鲍尔先生一向是极少去看企鹅一眼的，埃马努尔和姑奶奶阿蕾莎都是自顾不暇无心再去关注周围的事情。人在陷入自身烦恼时对别人的事儿往往就会视而不见，漠不关心了。不过尽管如此姑奶奶还是注意到，企鹅最近总是想要到花园里去。每当她为企鹅打开房门时，她就会这么想：可能企鹅是很喜欢到雪地里去活动吧。这期间外面经常下雪。当然姑奶奶也瞧得见，企鹅一到了花园里就变得很兴奋，他会来来回回地奔走，会吱嘎吱嘎地高声叫唤。她认为很可能这都是由于企鹅喜欢冰天雪地而尽情撒欢罢了。企鹅没完没了的吱吱嘎嘎叫声无疑让姑奶奶感到很烦躁讨厌，但更让她感到尴尬的是邻居们纷纷打来的电话。养着看家狗的邻居，还有整天开着割草机和圆盘锯的邻居都来电话向她抱怨了。"谁受得了您花园里那叫人闹心的噪音和喧哗呀!"邻居在电话里喊道。

姑奶奶一听就特别生气。"你们家的狗成天到晚地号叫,你们家里的割草机和电锯没完没了地开着扰民,难道我们就受得了吗?难道我们就总该忍受着吗?怎么我们可爱的小肥鹅才刚叫唤了几声你们就坐不住了,受不了了就至于发这么大的火,都打电话来告状了呢?"

姑奶奶说完就啪的一声把话筒放回到机座上去了。她自言自语道:"肥鹅天生就应该吱吱嘎嘎地叫唤嘛!"这时候她真的感到企鹅高声的叫唤听起来不再那么让她讨厌和难以容忍了。

这一天白天下了一场大雪。晚上比尔鲍尔先生回到家里之后,就拿了把铁铲到花园里去了。他想把房屋周围的积雪铲掉,开出一条走道来。就在他左一铲、右一铲地清除着积雪时,他看到了西门比尔格太太家篱笆墙前头的企鹅。企鹅正在那里来来回回不停地奔走着,显然企鹅是想要从篱笆上翻越过去。这可真有点儿奇怪了,比尔鲍尔先生默默地想。接着他又看到篱笆后面西门比尔格太太家客厅窗子里面的灯点亮了,在窗台上的橡皮树花盆旁蹲坐着一只老猫。那只猫在轻轻地发抖,打着哆嗦。比尔鲍尔先生是个好奇心特别重的人,所以他急于弄明白,企鹅的举动为什么会变得如此古怪。

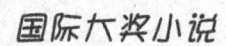

在那边的篱笆上面,在紧挨着玫瑰花丛的地方过去曾有过一个大窟窿。当时比尔鲍尔先生用铁丝反复地绕过来弯过去花了好大力气才把那个窟窿给修补起来。十分好奇的比尔鲍尔先生摘掉了手套,用几乎冻僵了的手指把那些拧紧的铁丝给松开了,然后再把铁丝一根一根地从篱笆的窟窿上抽了出来。他根本用不着去向企鹅解释他的意图,还没等他把铁丝全部抽完,企鹅已经钻过了窟窿,滚到西门比尔格太太家客厅窗户底下的积雪里去了。企鹅挣扎着想要跳到窗口上去,实际上那窗口离地面不算太高,但很可惜的是企鹅不是会飞的鸟,企鹅是个只会在水里游泳的鸟。他的头顶勉强能够得到窗口的下沿。他不停地嘎嘎叫唤着,叫的声音并不高,还有些沙哑,听起来有点儿怪怪的。

比尔鲍尔先生对有关企鹅的常识一窍不通,但对有关爱情的事儿他是很懂得一些的。凭直觉他就已经意识到了,企鹅是在为爱情叫唤呢,他的叫唤声里充满了一种渴望。尽管比尔鲍尔先生一直对企鹅没有好感,但这时候他还是被眼前见到的情景感动了。"唉,可怜的家伙呀。"他说着就转身走开了。等他把铁铲插进高高堆起来的雪堆里之后,他又叹了两口气,然后才走回到房子里去。

姑奶奶和埃马努尔正在厨房里吃晚饭,那天晚饭的汤里有鸡肉块和豌豆,给比尔鲍尔先生准备的汤盆和餐具早已摆在餐桌上了,旁边还摆着留给爱玛的那一份,她早就说过那天要来吃晚饭。埃马努尔满面愁容,正在用汤勺搅动着他的那盘汤。看见他爸爸走进来了,他立刻就说:"我再也不想去上学了,我现在什么都不想干了!"当时姑奶奶也在用汤勺搅动着她面前盘子里的汤,但是她什么话也没讲。比尔鲍尔先生坐到了餐桌前。姑奶奶在给他盛汤时,捞了很多鸡肉装到他的汤盆里。就在这时候房门被推开了,爱玛走了进来。她在脱皮大衣时嘴上就不停地说:"晚上好啊,诸位!家里方方面面都挺好吧?"她坐到了餐桌边,但她得自己去盛汤。她在盛汤时说:"我们的莫吉跑到西门比尔格太太家的窗子前头干什么去了?"她尝了一口汤,表示对汤的味道很满意,然后又接着说:"看他那样子就好像在那窗台上摆着十份草莓冰激凌似的。"

比尔鲍尔先生的汤勺一下子滑落到了汤盆里。他开口说:"西门比尔格家里现在养了一只老猫。我们的企鹅爱上那只猫了。"

当啷一声,姑奶奶的汤勺和埃马努尔的汤勺同时从手上跌落到了汤盆里,这两个人各自的烦恼都还没有严重到让他们不去理会这一新闻的程度。他们二人立刻跳了起来,跑到房子外面去了,没有穿大衣,没有围围巾,

也没有戴帽子,尽管这时候外面又飘起雪花来了。

　　企鹅依然还站立在邻居家客厅的窗户跟前。埃马努尔趴在篱笆前面大声喊他的企鹅,"喂,小家伙,快到我这里来!"他不停地喊着,"胖小子,大发糕,快回来吧!"企鹅根本就不答理埃马努尔。就在这时候,在客厅里的西门比尔格太太走近了窗口,伸手把猫抱到了怀里。她用手指头在猫的耳朵后面搔着痒,还在猫的鼻子尖上亲了一下,然后她就抱着猫从窗口走开了。直到这一刻企鹅才对埃马努尔的呼喊做出反应。他钻过篱笆上的窟窿,爬回这边的花园里来了。在他立起身子摇摆着行走时,他的两个鳍翅上好像有很多气泡在呼哧着,他喘气的声音就好像是在肺里长着三个肿瘤似的。企鹅不再像平日那样高昂着头,而是一副失魂落魄的样子,就好像生活当中已毫无任何乐趣可言了。瞧着企鹅,埃马努尔想到:他的情况比我好不了多少。瞧着企鹅,姑奶奶阿蕾莎想到:他的境况跟我一样糟糕。

　　那个夜晚,这个家里个个都在伤心难过。企鹅睡着了以后还在呻吟悲叹,不住翻来翻去地折腾。埃马努尔躺在床上还是念念不忘天蓝色的眼睛,他还为鼻子上的七颗雀斑掉下了不止七滴眼泪。姑奶奶坐在厨房里,怀着妒忌的心态谛听客厅里面的动静。比尔鲍尔先生和爱玛正坐在客厅里谈话。姑奶奶对她所听到的每一句话都仔细加以琢磨,都会默默地自问,这句话是不是又会从她这里夺走一份爱了。但在那个夜晚姑奶奶所听到的谈话与从她那里夺走爱的事儿并没有什么关系。

"全都是胡扯,比尔鲍尔,"爱玛又在用她训斥丢失邮件的投递员时的架势对埃马努尔的爸爸讲话了,"完全是胡扯!一只企鹅和一只老猫?这简直太离谱了!太可笑了!要是这只企鹅不能抑制住他的情欲的话,就得找人去把他给骗了!或者是我们到动物园里去打听一下,看看那里是不是有什么合适的雌企鹅能够跟我们的莫吉交配!"

"交配,"比尔鲍尔先生气愤地喊道,"我说爱玛,你真是什么都不懂!企鹅明明是在谈恋爱,而你却扯到了什么交配!难道你就一点儿也不懂得什么叫感情吗?难道你一点儿情趣都没有吗?"

爱玛觉得这话说得太过分了,她接受不了。她立刻穿上皮大衣,回家去了。这让姑奶奶感到高兴,但仅仅是高兴一点儿而已。当她听到爱玛从外面锁上大门的声响时,姑奶奶的心又被刺痛了一下。爱玛拿到大门的钥匙已经有好几个星期了,手里有了大门的钥匙就意味着她随时都可能住到这里来。谁马上就可能住到这里来,谁就是我的死对头。

比尔鲍尔先生在上床睡觉之前头一次走过去抚摸

了一下企鹅。他依然不喜欢企鹅,但是他很同情他。

　　第二天早上吃早点时,埃马努尔说他病得很厉害,病得都快要死了。"所以今天我不能去学校上学了。"他宣告说。姑奶奶和爸爸都不相信他的话,但紧接着埃马努尔就趴在餐桌上咳嗽起来了。他咳嗽得那么厉害,以至于把比尔鲍尔先生的可可都给震得从瓷杯子里面溢出来了,落在餐桌上的点心渣也飞舞起来了。埃马努尔还说,他今天连一颗珍珠葱头也吞不下去了,因为他的喉咙痛得要命,除此之外他的肚子也疼,两个膝盖也疼。到这时候姑奶奶和爸爸不得不认为埃马努尔是生病了。不过爸爸在出去做生意之前还是对他说:"我最亲爱的埃马努尔,别再去想什么歪点子了吧!生病也没办法让代课的女教师回来呀!"姑奶奶在给学校打电话,为他请过病假之后也对他说:"亲爱的埃马努尔,别再去想什么馊主意了吧!心里烦恼和喉咙痛是掺和不到一块儿去的呀!"

　　埃马努尔点头说,明天他一定会去学校上课的。其实埃马努尔根本就不是为了自己的烦恼才变着法子留在家里头的,他是想为他的企鹅去做点儿什么。他不想等到下午再去做这件事,而是立刻就行动。他套上厚毛衣、戴上了帽子之后,就跑到花园里去了,企鹅站在西门比尔格太太家客厅的窗户外面已经有一个多钟头了。他

Die Geschichten von der
Geschichte vom Pinguin

一直在那里充满了渴望地嘎嘎叫唤。埃马努尔从篱笆上头爬了过去。"快跟我来,大发糕。"他对企鹅喊道。企鹅不理睬他。于是埃马努尔就用两只手抓住企鹅,生拉硬拽地把企鹅拖到了西门比尔格太太家的房门前。企鹅不断地抗拒着,因为他不理解埃马努尔的意图。埃马努尔一只手抓着企鹅,另一只手去按门铃。三长一短的门铃声是他和西门比尔格太太早就约好了的信号。西门比尔格太太走过来把房门打开了一个小缝。"又来要火柴盒了吧?"她问。她的房门后面挂着一个黑色的厚毡子门帘以挡住穿堂风。"赶快进来吧。"她说着就转身往回走了,"别把外面的寒气给带进来!"还没等埃马努尔穿过毡子门帘,企鹅就挤到客厅门口去了。等到埃马努尔把房门关好时,企鹅已经走进了客厅。那只非常肥实的老猫正卧在一个燃着的取暖炉跟前,旁边点着一个人造小太阳灯,身后面还有一个热风扇。

埃马努尔在门厅里就把厚毛衣脱了,帽子也摘下来了。在这么热的屋子里是没法穿着毛衣,戴着帽子的。埃马努尔这才说:"西门比尔格太太,火柴盒我当然想要了,不过今天我来是为了企鹅的缘故。"接着他就向西门比尔格太太讲述,为什么这几天企鹅总是在她家的窗户外面转悠,吱嘎吱嘎地叫个不停。他问西门比尔格太太是否反对他带企鹅到可爱的猫这里来做客。

开始西门比尔格太太并不反对他们来做客,她甚至还为她的老猫能赢得这么执着的爱慕而深受感动呢。但等她走进了客厅,她就看到她那肥实的老猫浑身抖得就像筛糠一样,猫身上的毛都奓起来了,背弓得就像个小山丘似的,猫尾巴也竖直了,张着的嘴巴里发出怒气冲冲的呼噜声。

"我相信,我家的猫咪不是特别喜欢他。"西门比尔格太太说。

"可是他非常爱她呀。"埃马努尔说。

"单方面的爱是不算数的。"西门比尔格太太答道。

企鹅不敢靠近老猫。怒冲冲的呼噜声、弓起来的脊背和奓起来的毛把企鹅吓呆了。除此之外,企鹅虽然经过爱玛的调教和改造,但对西门比尔格太太房屋里的酷热还是很难承受的。他站立在距离老猫、人造小太阳灯和热风扇一米以外的地方可怜兮兮地嘎嘎哀求着。埃马努尔把他的诉求简单翻译了出来,大概的意思是:几天以来我一直想来找你,我非常思念你,我十分渴望能见到你。请你爱我吧!埃马努尔以为这样的表白和哀求是足以让老猫动心的,只要我圆乎乎大发糕执着的追求真正到了位,老猫就一定会爱上他的。

但西门比尔格太太不允许企鹅再继续表白和哀求下去了。"够了,现在应该结束了。"她说,"我家的猫咪过去的经历十分坎坷,经常过着挨冷受冻的苦日子。你要知道她是从马达加斯加来的呀!"(西门比尔格太太当时就没有注意听瞎编出来的马达加斯加故事。)

"但是马达加斯加一点儿也不冷啊!"埃马努尔说。

西门比尔格太太很伤感地看着他说:"我的孩子啊,你还没觉出来吗,如今这个世界上哪儿都是冷冰冰的了!"停了一下之后她又说:"你看看,我家的猫咪又在发抖打哆嗦了。一定是见到了企鹅又让她回想起冰天雪地和刺骨的寒风来了。"

西门比尔格太太把埃马努尔和他的企鹅送到了房门口。"非常遗憾,"她说,"请不要见怪。但是,我家宠物的感情生活必须听我来安排!"

埃马努尔不得不把企鹅给抱起来,因为他硬是不肯往外走。出了西门比尔格太太家的房门之后企鹅就从埃马努尔的手臂上溜了下去。当埃马努尔再想去抓他时,他就用硬喙狠狠地戳了埃马努尔一口。企鹅这时已愤怒到极点了,埃马努尔还从来没有见过一向温顺的企鹅会如此狂暴,会对他这样的不友好。

埃马努尔翻越过篱笆回到自家的花园里去了。企鹅仍留在西门比尔格太太家的窗子前面,继续着他的表白和哀求。

整夜都能听到企鹅嘎嘎的哀叫声。他的哀伤鸣叫已经和凛冽寒风的呼啸、夜间超速货运卡车的刺耳噪声，以及隔壁家狗的吠叫声混成了一片。直到第二天破晓企鹅才回到比尔鲍尔家的房子跟前。他倒在房门前的擦鞋垫子上睡着了。不停飞舞着的雪花很快覆盖了企鹅的半个身子。早上六点钟，当姑奶奶打开房门准备去面包房买新出炉的面包时，她差一点儿让睡在门外的企鹅给绊了一跤。她赶忙拿来扫帚将企鹅身上的雪扫干净，然后就把他抱进了屋里。姑奶奶把企鹅放到了炉子的后边，还找来一块针织的厚桌布盖到他的身上。"真可怜啊，你这倒霉的家伙，"姑奶奶摇着脑袋说，"如今谁的日子都不再像以往那么美好啦！"

谁都知道，讲故事的人不管是用什么方法都必须得把故事给讲完了，任何故事都必须要有一个结局。讲故事的人是不可以随便讲到什么地方就停下来，然后硬说故事到此就结束了的。(这也许就是一种欺骗行为。)

在讲故事的时候，讲故事的人对所有牵涉到故事里面的人物，当然也包括所有的动物，从头至尾都应当给予足够充分和像样的关注。当然，也用不着始终顾及到每一个在故事中曾经出现过的人了。例如在我们的故事中，我们老早就不用再提到动物学助理研究员舍斯塔克了。我们完全可以将他忘掉，让他留在非洲去继续他的科研工作。他出现在我们故事里的重要性只限于他是企鹅的提供者而已。这就像动物收容所的荣誉领导，也就是那位长得非常富态的女士，充其量只不过是我们故事中老猫的提供者一样。甚至就连邻居西门比尔格太太我们也没有必要一直予以特别的关注，因为她出奇的怕冷只是在故事的一开始曾经起过重要作用罢了。

西门比尔格太太自己完全有能力去对付她异乎寻常的畏寒怕冷。（假如她没有钱去购买羊绒围巾和厚毡靴，假如她缴不起取暖用的电费和燃油费的话，那就完全是另一回事儿了。）不然的话，既使她算不上我们故事当中需要特别关注的对象，我们也不得不格外把更多的关注放到那里去了。

我们故事当中始终重要的人物和动物是：

埃马努尔，他爸爸比尔鲍尔先生和姑奶奶阿蕾莎。

还有爱玛女士

和企鹅。

到后来才很重要的是：

那只非常肥实的老猫，因为企鹅非常爱她，以及那位鼻子上长着雀斑和有一双蓝色眼睛的代课女教师，因为埃马努尔非常喜欢她。

这就是说，我们的故事必须要为五个人物和两个动物安排一个结局，并以此来结束整个故事。

国际大奖小说

　　我们必须得反复考虑,这五个人物和两个动物最后可能会营造出一个什么样的结局来。

　　在生活当中,人和事的最后结局很多是十分悲惨和不幸的,所以我们的故事很可能会有一个不幸的结局。

　　这个不幸的结局也可能将会是这样的——

第七章

五个人物和两个动物的不幸结局

　　大雪下了一个小时又一个小时,不仅一直没有停下过,反而是越下越大。积雪很快就把西门比尔格家花园和比尔鲍尔家花园之间的篱笆封埋起来了。篱笆墙已经看不到了,只有那些固定铁丝网的长篱笆竿儿顶上的一小截还露在积雪上头,看上去就像是一个个嵌在白雪上的小塞子。

　　尽管雪下得这么大,企鹅在下午还是跑出去再次试图会见老猫。这一次他真的办到了,至少可以说这一次比他以往所有的尝试都更有成果。由于连日来饱受渴望和思念的煎熬,企鹅的体重已经大大地减轻了。因此企鹅不但没有陷到积雪里面去,反而被厚厚的积雪给抬高了许多。

　　积雪的高度几乎快要和窗台持平了。企鹅这一次终于能够面对面地看到老猫了。企鹅用他的硬喙去敲打窗玻璃,窗子里面的老猫又警觉地弓起了腰,发出了怒冲

冲的呼噜声。但这时候她浑身发抖打哆嗦的程度不像昨天那么厉害了,可能是隔着窗玻璃让她感到比昨天安全多了。但是,企鹅那又尖又硬的长喙把窗玻璃给啄碎了,窗玻璃上面出现了一个网球大小的洞,从破洞的边缘伸展出了六道长长的裂纹,看上去就好像有一个长着长腿的巨型蜘蛛趴在玻璃上呢。这不只是让老猫的发抖和哆嗦马上变得特别厉害了,就连西门比尔格太太也开始浑身发抖,不住地打起哆嗦来了。她不是害怕换窗玻璃要花不少的钱,她是害怕外面寒冷的空气会通过窗玻璃上的破洞钻进屋子里来。无比巨大的恐惧感使她迸发出了高声的尖叫,那是一声拖得长长的、令人撕心裂肺的、毛骨悚然的尖声惨叫。老猫被那可怕的叫声吓得高高地蹦了起来,在半空中连翻了两个跟斗之后重重地跌落到了地上。非常不幸的是,猫的第三节颈椎刚好跌到地毯上摆着的一个铜壶的把柄上了,老猫的脖颈折断了。这一刻西门比尔格太太有生以来第一次忘掉了寒冷和她的御寒措施。她继续高声惨叫着跑出了屋子,跑出了花园。她没有戴围巾,没有穿大衣,也没有戴帽子。她沿着从积雪中清扫出来的狭窄小道跑到了比尔鲍尔家的房前。她拼命地用力按响门铃,但屋子里面的人根本听不到门铃声,因为她的叫喊把旁的声音全部压下去了。

脸色惨白的姑奶奶阿蕾莎给她打开了房门,三个小时以来姑奶奶的脸色一直苍白得吓人。门厅里立着一个姑奶奶刚刚收拾好的皮箱,皮箱里装的全是她日常必需的物品,其余不急着用的东西,她准备以后再请人给她送过去。

"企鹅,"西门比尔格太太一走进门厅就上气不接下气地厉声叫嚷道,"企鹅把我家的猫咪杀死了!"

"请到里面去跟那对新人讲吧。"姑奶奶用手指着客厅说。比尔鲍尔先生和爱玛在三个小时前宣布订婚。"我已经不管事儿了,"姑奶奶说,"我这就要搬到养老院去了,西门比尔格太太!"

说完姑奶奶就提着皮箱走出了门厅。她刚用电话预订的出租车已经在花园外面按着喇叭催她上车了。

比尔鲍尔先生和爱玛·比尔鲍尔太太的婚礼是在九个星期后才举行的。因为爱玛为婚礼特地定做了一套酒红色的婚纱礼服,但她偏偏碰上了一位坚信只有慢工才能出细活儿的女裁缝,因此才不得不将婚礼推迟举行。到举行婚礼时西门比尔格太太家破损了的窗玻璃早就换上了新玻璃。这时候西门比尔格太太也不再像以前那么怕冷了,因为她现在贴身穿上了一件特别保暖的猫皮背心。

在举行婚礼的时候埃马努尔表现得相当拘谨、沉默。在婚礼被大量的葡萄酒、鹅肝和鱼子酱推向高潮之前埃马努尔就悄悄离开了。现在他必须每周三次去接受治疗。一位儿童心理医师正在辅导他缓解和排除鼻子上的雀斑、天蓝色的眼睛,以及企鹅的渴望之类问题的负面影响。据那位心理医师介绍,治疗将是一个十分漫长和艰巨的过程。

那么企鹅呢?企鹅不见了。没有人知道他的下落,没有人再见到过他,更没有人再听到过他的叫声。

或许等到来年春天,当厚厚的积雪完全融化了之后,可能有人还会再看到他。

但非常肯定的是人们绝不会再听到企鹅嘎嘎的叫声了。

喜欢这个不幸结局的读者到此就可以停止阅读了,对他们来讲我们的故事就此结束了。

但也有许多人不喜欢,甚至厌恶结局不幸的故事。他们更喜欢有美好结局的故事,总希望故事能有一个皆大欢喜的结局,一个大团圆的结局。他们希望我们故事里的五个人物和两个动物个个全都称心如意,非常幸福。如果没有虚构的话我们故事的结局是不大可能满足这些读者的美好愿望的。不过,只要人们能够承认这是在虚构的话,那就完全可以允许去虚构了。那么就请看——

第八章

为五个人物和两个动物虚构的结局

雪下了一个小时又一个小时,不仅没停下来过,反而越下越大。积雪很快就把西门比尔格家花园和比尔鲍尔家花园之间的篱笆封埋起来了。花园里的积雪还在不断增高,以至于从比尔鲍尔家厨房的窗口望出去,或者是从西门比尔格家客厅的窗口望出去,都只能够瞧见在花园外大街上过往行人的脑袋了。

埃马努尔正站在厨房的窗口前朝外张望,老猫正从客厅的窗台上朝外张望,这时花园外面的街道上走过来一个小巧的鼻子上长着雀斑,有一双天蓝色眼睛的脑袋,那一定就是代课女教师的脑袋,但同时也一定是猫的故事当中那个女儿的脑袋。(自从猫在大街上受到巨型卡车发出噪音的惊吓,从女儿的臂膀上跳下来逃跑以来,已经过去好多年了。当年的小女儿早就该长大了,她现在当上代课女教师是非常自然和合乎情理的事。)

还穿着宽松睡衣裤的埃马努尔推开房门就朝花园

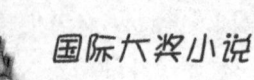

跑去了。"你发疯了吗？"姑奶奶在他身后喊着，"你不能光穿着睡衣就……"姑奶奶喊到半截就停住了，因为她看到，埃马努尔早就跑到花园外面去了。

假如不是正赶上邮递员来给西门比尔格太太发送养老金，房门开了一道缝的话，老猫是不可能紧跟在埃马努尔后面跑出去找她当年的小主人的。这还真得感谢那位邮递员！他让老猫能有机会从门缝里嗖的一下钻了出去。老猫很快就超过了奔跑着的埃马努尔，抢先追上了当年的女儿。老猫在女儿身边用力向上一蹿，跳到了女儿的怀里，喵喵地大叫起来，就在这一刻老猫回忆起了往日的一切。老猫真是太幸运了，在历经多年漂泊不定的生活之后终于又见到了她头一个主人。从此老猫再也不浑身发抖打哆嗦了。再有挂着拖斗的重型卡车从眼前轰鸣驶过时，老猫也不会惊吓得匆忙逃跑了。这时埃马努尔猛冲过来，把代课女教师连同她怀里抱着的猫一起搂住，嘴里高喊着"我终于又见到你了"，他兴奋地摇晃着代课女教师，老猫当然受到了重重的挤压，但是老猫并没有因此而发抖打哆嗦。后来，当企鹅赶过来充满渴望地冲着老猫嘎嘎叫个不停时，老猫也一点儿都没有发抖。老猫的毛病一下子就好了。她的身心已经恢复了健康，所有的恐惧、所有的孤单、所有的悲伤在这时全部消除了，永远地消除了。从这时起，老猫只有在感到非常舒服、惬意时才会发出一连串的呼噜声。

代课女教师是个头脑十分冷静的明智女子,她手臂上抱着猫,用脚驱赶着企鹅。她首先把埃马努尔送回家,以免他会因着凉而得上肺炎。等到把埃马努尔安顿好了之后,她才开始为自己的爱猫失而复得尽情地欢乐。她对一只猫和一只企鹅能够彼此合得来,能够友好相处感到无比惊奇。现在这两个小动物简直可以说是相亲相爱了。他们两个一起玩儿红色的大气球,一起分吃一条鳞鱼,还紧靠在一起相互嗅闻,并亲昵地把两个头凑拢到了一起。

埃马努尔在坐到代课女教师身旁后又露出了灿烂的笑脸。姑奶奶也开始笑了,她刚才听见埃马努尔在对代课女教师讲:"那个挺着个结实的大肚子,长得胖胖乎乎的老太太就是我的姑奶奶阿蕾莎。我非常、非常、非常地爱她!"这时候姑奶奶开始意识到,原来爱并不是像自己所想的那样,原来每个人并不是只能拥有一定数额的爱,原来对一个人的爱增多了,并不一定就会使旁的人因此而少得到一份爱的。

晚上,比尔鲍尔先生回家后同样也感到十分高兴,因为他看到自己的儿子和姑姑终于又笑逐颜开了。

那么爱玛女士呢?那天晚上她乘坐公交车去看望比尔鲍尔先生和埃马努尔。上了车后她抢到一个座位就扑

通一声坐了上去。等喘了一口气之后,她才发现坐在她邻座上的是邮政局的副主任。(就是那位曾经窥伺过她主任位置的副手。)公交车开动后两个人一直保持着沉默,但等到第一次停车以后两个人就开始谈起天气来了。过了三站地之后俩人谈话的话题就很自然地转到了邮递员、新发行的邮票、邮戳,以及有关低级邮政员工晋升高级邮政员工的培训等问题上。爱玛全神贯注地投入了和她副手的聊天,以至于把到站下车的事给忘得一干二净了,她和邮局副主任谈着谈着不知不觉地一直坐到了终点站。

"我们俩一起去喝一杯,接着聊下去,好不好?"邮政局副主任在下车时问道,爱玛很热情地点了点头。在酒吧里爱玛和副主任先喝了一杯红酒,接着又喝了一杯又一杯。第二天早上,爱玛给比尔鲍尔先生写了一张明信片。她是这样写的:

亲爱的比尔鲍尔:

我现在很好,但我不得不通知你的是,最终我还是感到,我和我的副手在一起更加般配,因为我们是同行,志同道合呀!

请你谅解,请你原谅!我衷心祝愿你和你的儿子在未来的生活道路上

万事如意!

永远怀着友好情谊的

邮政局主任　爱玛

比尔鲍尔先生很乐意原谅爱玛。他已经重新找回了老早以前自己对鼻子上的雀斑和天蓝色的眼睛那种超乎寻常的偏爱,已经开始对儿子的代课女教师萌发出爱慕之情了。每天晚上,当比尔鲍尔先生坐在客厅里听着姑姑阿蕾莎在厨房低声哼唱的歌曲,看着埃马努尔在纵情欢笑,听着企鹅在老猫的周围嘎嘎地叫来叫去,瞧着老猫在企鹅旁边惬意地打起了呼噜,他就会感到很幸福。当代课女教师坐在他的对面,和他一起下象棋的时候,他就会感到特别的幸福了。尽管在这期间埃马努尔会不止一次笑眯眯的,但又非常严肃和神秘地说,企鹅和老猫在不久之后就会有一个小孩子了,一个名字叫作企猫或者是猫鹅的小孩子。当然,儿子的这番傻话是完全不会对比尔鲍尔先生的幸福感有什么妨害的。

看完了这个为故事虚构出来的结局之后,那些无论如何都希望故事能有个幸福圆满结局的读者就可以到此打住,不必再接着往下看了。然而也还有不少的读者愿意让故事的结局尽可能多地贴近现实,而又不让我们故事里的五个人物和两个动物遭受太多的痛苦和不幸。

为满足他们这种正当的愿望,我们绝不可以再去依赖幸运的偶然性或是各种不幸的误会了。其实偶然性和误会跟现实既没有必然联系,也没有太大的关系。

现在我们只能指望故事里五个人物和两个动物当中的任何一个在最后能主动采取某些机灵、果断,且有显著效果的行动来扭转局面,改变现实,引导出一个更加合情合理的结局来了。

我们是不能够把这样的重任托付给老猫的,因为猫已经很老了,而且一受到惊吓就容易浑身发抖打哆嗦,一般来说,猫从来就没有多大的本事,所以根本就办不了什么大事。

企鹅也不可能为我们提供什么帮助。谁要是身陷不幸爱情的烦恼中了,他的头脑就会对除自己不幸爱情之外的其他任何事情都不再感兴趣了,对周围所发生的一切全都漠不关心了。

埃马努尔的情况也好不了多少,现在他一心惦记着的只有鼻子上的七颗雀斑和一双天蓝色的眼睛,除此之外,人们期望一个小孩子能有重大的作为也是非常不现实和不恰当的。注意爱惜和保护儿童权益是始终必须坚持的原则。

邮政局的主任爱玛是不需要格外爱惜和保护的,她是个非常爱张罗着去管各种事情的热心人,但遗憾的是，她的所作所为很可能不会让我们完全放心和满意。她这个人有点儿自以为是，而且还缺乏想象力，到目前为止她通过她自己的方式就已经给我们的故事带来足够多的弊端了。

姑奶奶的年纪太大了，而且她现在总是忧心忡忡的，有不少的心事。忧虑过多的人通常是办不成什么改变现实的大事的。实际上我们现在只能把希望寄托在埃马努尔他爸爸身上了。他年富力强，因为长年做生意，所以头脑很灵活。他好奇心很强，对周围的事情非常关心。特别是迄今为止他在我们的故事当中几乎还没有真正下工夫、花力气成就过什么有影响的大事呢。因此他除了整天忙着做生意之外是完全可以对我们故事的进展另有一些作为的。

那么我们就请埃马努尔他爸爸为我们故事的结局行动起来吧。

第九章

埃马努尔他爸爸的最终行动

埃马努尔的爸爸最近很为他的儿子担心。特别是在开着汽车进城去的路上,他总是在想埃马努尔的事,因为当双手握着方向盘的时候,他有足够的时间去考虑这些问题。他想:照这样发展下去以后会怎么样呢?现在小家伙就已经忧伤得连学都不想去上了。他又想:这件事其实全怨学校办得不够稳妥。先是给孩子们请来了一位讨人喜欢的、可爱的代课女教师,让小学生们一个个都喜欢上她了,尤其是我儿子简直就是迷上她了。可突然间学校没有向孩子们打招呼就悄悄把她给放走了,又让那个我儿子特别不喜欢,特别受不了的胖老师回来上课。学校这事儿办得有点儿太不通情理了!学校这样对待小学生们是不公道的!学校不应该这么折腾我儿子呀!

越想越有气的比尔鲍尔先生猛然拉起了车子的制动杆。后面汽车里的司机按起了喇叭,因为他的车子险些和比尔鲍尔先生的车子相撞了。比尔鲍尔先生全不去理会这些。他先把自己的车子开到路边上去,然后就调头把车顺原路往回开了,他决定先到埃马努尔的学校去一趟。说老实话他心里并不情愿到学校去,因为他从小就非常不喜欢进学校的大门。

学校是学生和教师的领地,正常的成年人跑到小学校里去显得很滑稽可笑,因此成年人一走进学校就会感到很不自在,甚至很紧张。当然,小学生们进了学校常常也会有不舒服和紧张的感觉,但那是出于完全不同的理由。埃马努尔的爸爸一走进学校就感到如此的不自在和紧张,以至于他全身都开始发痒,两个手心都冒汗了。

埃马努尔的爸爸在校长办公室的门前站住了。"微笑,"他小声为自己打气说,"在校长面前我没有必要害怕!我又不是个一年级的小学生!我是来向学校提意见的!我现在是来要求把孩子们喜欢的那位代课女教师再给他们请回来的!如果三天后我儿子在教室里仍然见不到他们非常喜欢的女教师,我就要跑到教育局长那里去投诉了,他是我的一个朋友!"

但是,当比尔鲍尔先生真的站在校长的办公桌跟前时,他一下子失掉了所有的自信和勇气。他站在那里就像个一年级的小学生一样,讲起话来也像一年级小学生那样结结巴巴的了。"您好,校长先生。"他说着把戴在头上的皮帽子摘了下来,用两手抓住,放在肚子前面扭来

转去的，看上去就跟个讨饭的乞丐差不多。但是校长可没有把他当个乞丐来接待。

"您好！"校长说着给他搬过来一个椅子。比尔鲍尔先生坐到椅子上之后就决定不对校长实话实说了。当人们感到心虚害怕的时候，往往就会表现得不大诚实，就想靠圆滑、狡黠来应对了。

"请问您找我有什么事吗？"校长问道。

"只是一件无关紧要的小事。"埃马努尔的爸爸回答说，他想多赢得一点儿时间。

"请问那是什么事呢？"

"是预防注射的证书，"比尔鲍尔先生的瞎话立刻就编出来了，"我们忘记把埃马努尔的预防注射证书放到哪里去了，找不着了。您能帮忙给补开一个证明吗？我们计划在复活节假期到马达加斯加去度假，所以我们很需要这样一个预防注射的证书。"

校长有些不耐烦地小声嘀咕着：家长们对学校发的证明文件不应当随便乱放，而必须很认真地保存好。但他还是从柜子里取出了学生预防注射的卷宗，开始核对埃马努尔是不是已经打过预防针了。在校长顺着名单逐个查找埃马努尔的名字时，埃马努尔的爸爸好像是无意地随口问道："噢，还有，我刚好想起来了，听说我儿子班上的代课女教师在课外教授钢琴。我想请她教我儿子学琴。也许您能告诉我那位代课女教师的住址吧？"

尽管校长感到有些惊奇，因为他从来没听说过那位代课女教师在开钢琴课，但他还是把她的住址写在一张纸条上交给了比尔鲍尔先生。没等到校长把学校的印章盖到补发的预防注射证书上，比尔鲍尔先生就从校长办公室跑出去了。"喂，先生！"校长喊道，但比尔鲍尔先生已经听不到了，他早就跑下了楼梯，朝着学校的大门奔去了。"唉，真是个漫不经心、丢三落四的人。"校长自言自语着直摇头。他在想，有些家长真还不如他们的孩子聪明懂事呢！

埃马努尔的爸爸在学校的大门外面深深地吐了一口长气，把学校的空气从他的肺部全都排了出去，然后他就上了汽车，取出市区地图查找女教师住所的位置。他把车子一直开向了城市的另一端。

代课女教师住在一栋十四层高的旧公寓楼里，那里没有电梯。女教师住的房间在十三层上。埃马努尔的爸爸爬楼梯到达她的房门前时已气喘吁吁的了。当时女教师正好要出门去应聘一个代课的岗位。

"我有急事，必须马上和您谈一谈，"比尔鲍尔先生拦住她说，"我是埃马努尔的父亲。"

"埃马努尔是谁？"女教师不解地问。

比尔鲍尔先生非常不平地瞧着女教师。他想：哼，我儿子为了想她那么伤心,我儿子那么喜欢她,简直都迷上她了,可她竟然不知道我儿子是谁!

女教师解释说:"我从来没有长时间带过一个班级。今年我已经在二十个不同的班级代过课了,在这期间我起码结识了七百个孩子。我怎么可能把七百个学生的名字全记住呢?"

比尔鲍尔先生点了点头,表示对此可以理解。

"对不起,现在我必须得走了,"女教师说,"否则这个代课的位置就会让别人抢走了。现在代课的位置相当不好找呀!"她侧身想从比尔鲍尔先生身边走过去。比尔鲍尔先生一把抓住了她挎包的带子。"我能为您提供一个位置。"他说。但他在讲这话时并不高兴,因为他想到,这得让他破费一笔钱财了。

"您有一个私立的学校吗?"女教师问道。

"我有一个私立的儿子。"比尔鲍尔先生笑着回答。

这时女教师才请比尔鲍尔先生进入她的住所。她想听听他有什么具体的建议。

埃马努尔的爸爸建议说:"我想请您每天下午到埃马努尔那里去,给他当家教,他非常非常喜欢您。他现在十分需要您,最近这几天他一直在为见不到您而伤心难过呢。"女教师听后非常感动,她还从没有遇到过这么喜欢她的小学生呢。"那我就先去试一个下午呢。看看我能不能接受这份工作。"她答道。她还表示,她很想知道埃马努尔长得什么样儿,行为举止如何,是个怎么样的孩子。她在想,对一个这样喜欢她的小学生,按理说她不应该一点儿印象都没有呀!

埃马努尔的爸爸开始对她描述埃马努尔。但因为他太爱自己的儿子了,所以他简直描述得天花乱坠了。以至于女教师在听了之后不住地说:"像这么出色的孩子我有生以来还从未见过呢!"

随后埃马努尔的爸爸又说:"埃马努尔养的宠物是一只企鹅。"这让女教师一下子就想起来正讲到的孩子是谁了。她马上说:"我用不着去试教了。我想起那个养了一只企鹅的小男孩来了!当时我就蛮喜欢他的。您这份工作我接受了!"她答应当天下午就去给埃马努尔当家教。

埃马努尔的爸爸把家里的地址写给了代课女教师,并向她预付了一份工资,然后就告辞了。他要接着去忙他的生意了。当开着车子在城里行驶时比尔鲍尔先生一直在想:这位女教师看着非常面熟,好像一见到她就会使他想起一个什么人来似的。可惜的是,他一时想不起来这位女教师到底是像谁来了。现在代课女教师每天下午都来给埃马努尔当家教,埃马努尔可高兴了。他嘴里常常哼唱歌曲,还会完全无缘无故地格格地笑出来。他

变得非常乐意写家庭作业,他的胃口也大开,饭量比几天前翻了一倍。他对自己当前的生活感到相当的满意了。当每天晚上女教师告辞回家时,他也不会伤心难过,因为他知道,明天下午女教师一定还会到他这里来的。埃马努尔现在又很喜欢去学校上学了,他对那位胖得像个软发面团儿,长着一双纽扣般眼睛的班主任老师也不再像以前那样讨厌和无法忍受了,因为每天下午都会有长着雀斑的鼻子和天蓝色的眼睛在家里等着他呢。

有一天晚上,埃马努尔的爸爸对爱玛说:"你看,花在代课女教师身上的钱多么值呀,埃马努尔现在好幸福啊!"

爱玛对此却持有不同观点。"你这么做太荒唐了!实在是荒唐透顶了!"她提高了嗓门儿说,"你这完全是在浪费金钱!"

"如果我不肯花钱让埃马努尔高兴、幸福的话,那我整天出去赚钱干什么呢?"比尔鲍尔先生说道。

"你应当把钱存到邮政储蓄上去,"爱玛说,"那你就可以拿到利息和利息再生出来的利息了!"

"如果埃马努尔整天都不高兴的话,如果我有一个不幸福的儿子的话,那我拿了利息和利息再生出来的利息又有什么用呢?"

"这真太可笑了,"爱玛嚷起来了,"你儿子需要的是正规的教育!你就等着瞧吧,我早晚会把他的教育抓在手里的!到那时他要是不开心、不快乐的话,那才叫怪了呢!"

爱玛持有这种看法本无恶意,但比尔鲍尔先生却以为她是怀有恶意的。只要是涉及他儿子的事,比尔鲍尔先生总是特别的敏感。所以他立刻高喊道:"你不要来瞎掺和,这事跟你毫不相干!"

爱玛本来是个很不敏感的人,但比尔鲍尔先生的话还是让她感到深受伤害。她当时的反应是这样的:我爱上了这个男人,尽管他有一个爱耍小脾气、又特能折腾的儿子和一个好挑眼、又爱猜忌人的姑姑。我下了那么大工夫、花了那么大力气把企鹅驯化成了一个家庭宠物,为的就是让这个男人能过上安静、温暖的日子。我天天晚上专门跑到他这里来,就是因为这个男人说,他不能够把他伤心的儿子和心烦的姑姑单独扔在家里面。到头来我听到这个男人对我的感谢却是"这事跟你毫不相干"!

为了使自己能冷静下来,爱玛点燃了一支香烟。过了片刻她尽可能温存地对比尔鲍尔先生说:"我想,你是打算和我结婚的,这就是说,我要给埃马努尔当妈妈了。今后他的教育问题怎么可能跟我毫不相干哪?"

"只有你真心疼爱埃马努尔了,我们才有可能结婚!"

埃马努尔的爸爸回了她一句。

"我一直都在真心疼爱埃马努尔呀。"爱玛说。

"那你早就应该看得出来,他现在是多么需要代课女教师了。"比尔鲍尔先生又喊起来了。

"等我们结了婚以后,我就会留在家里当全职妈妈,整天关心、照顾埃马努尔了!"爱玛也大声嚷起来了。

"但是他不愿意要你,他愿意让代课女教师来管他。这一点你至今还不明白,还不肯动脑筋好好琢磨一下吗?"比尔鲍尔先生冲着爱玛大声嚷嚷着。

"是他需要转变看法,是他必须要适应和面对现实才行呀。"爱玛也在大嚷大叫。

"他做不到!"比尔鲍尔先生大吼道。

爱玛和比尔鲍尔先生争吵了很长时间。最后爱玛彻底看明白了,比尔鲍尔先生对儿子的爱远远超过了对她的爱。这让她感到万分的伤心和极度的失望。与此同时她也开始意识到,其实她并不甘心情愿放弃在邮政局的工作,去扮演埃马努尔的保姆这样的新角色。

午夜过后,爱玛很平静地说:"比尔鲍尔,这样争吵下去太没意思了!我是邮政局的一位员工,你是一位父亲。当然,你很喜欢我,我也很喜欢你,但这是远远不够的。不过,如果你愿意的话,比尔鲍尔,你还可以像过去那样每周和我约会两次,或者,甚至是三次。但从现在起请你别再用你的家务事来打扰我了!我是绝不想再走进你这房子里来了!"

然后爱玛请比尔鲍尔先生开车送她回去。(因为公交车早已停止运营了。)

车子停到爱玛的房门前,爱玛在下车之前,在比尔鲍尔先生的左面颊上亲了一下作为告别——从此他们永远地告别了。

在开着车子返回家去的路上,比尔鲍尔先生一直在吹口哨。他用口哨声吹出了一支又一支欢快的歌曲。他好像一下子轻松了许多,觉得自己就好像是刚从医院里走出来一样:本来以为自己得了很严重的疾病,但从医生那里得知,自己实际上是非常健康的。

除了比尔鲍尔先生之外,在那天夜里还有一个人也一直在轻声吹着口哨,也在用口哨吹着欢快的歌曲。

姑奶奶阿蕾莎坐在她房间里的高靠背椅子上,一边看着电视上播放的午夜侦破连续剧,一边轻轻地吹着口哨,刚才她还破例独自喝了一杯红葡萄酒。举着酒杯时她尝试着回味埃马努尔他爸爸和爱玛所讲过的每一句话。(她曾躲在厨房的门后偷听了他们俩争吵的全过程。)每当她回想起他们所讲过的一句话时,她都会有一点儿满足感,甚至还有点儿得意。她不能不为自己的幸灾乐祸而感到羞愧,但尽管如此在心底里还是觉得挺痛快的。

　　姑奶奶从来没有想过代课女教师也可能会夺走埃马努尔对她的爱,因为她很喜欢那个女教师。"多么讨人喜欢的姑娘啊!"她说道,"一个人无依无靠的,处处还像小孩子一样需要照顾呢。"代课女教师不会烤制点心,不会钉纽扣,也不知道如何才能把沾在裙子上的污渍擦洗干净。因此姑奶奶就特地给她烤点心吃,为她钉衬衣上掉了的纽扣,给她把裙子上的可可污渍擦洗干净。"阿蕾莎姑姑,太感谢您了!您待我实在太好了!"每当代课女教师这样对她讲时,姑奶奶都感到十分满足和高兴。女教师有一次给阿蕾莎姑姑带来了一束鲜花,还有一回女教师亲吻了姑姑的脸颊以表示谢意。过了一段时间之后姑奶奶对女教师说:"我们这里还空着四个房间呢,搬到我们这里来吧,可爱的姑娘,这样你就能把房租钱省下来了。我的侄子和侄孙子保证都会赞成的。"

　　侄孙子埃马努尔当然是举着双手赞成的了。看到搬家公司的车子把女教师的全部家当卸到比尔鲍尔家的房门前时,埃马努尔兴奋得在客厅里一连翻了四个跟斗。比尔鲍尔先生对新搬来的房客也非常欢迎。他终于知道,一见到这位女教师会让他想起什么人来了。一天夜里,因为睡在隔壁的企鹅半夜里总是呻吟叹息,发出嘎嘎的哀鸣,把睡梦中的比尔鲍尔先生给吵醒了。他一时难以入睡,就点亮了床头柜上的台灯,打算先看一会儿报纸。就在那时他一眼瞧见了多年来一直摆放在床头柜上那个天鹅绒镜框里的照片。那是已故比尔鲍尔太太的照片。比尔鲍尔先生已经有好长时间没再注意过那照片了。就在那个失眠的深夜,他首先看到照片上比尔鲍尔太太的鼻子上有七颗雀斑,看着照片他又记起她的眼睛是天蓝色的来了。这一刻,比尔鲍尔先生恍然大悟。"太奇妙了,这一切又都回到你的眼前来了。"比尔鲍尔先生低声自言自语着。

到了春暖花开的时候,所有住在比尔鲍尔家房子里的人个个心情舒畅,十分幸福,在这幢房子里依然非常不幸的只剩下一只企鹅了。企鹅在夜里还是睡得很不踏实,不时会悲伤地嘎嘎叫唤几声。白天,企鹅站着的时候也常唉声叹气,不住地悲鸣。企鹅这时已不再是胖乎乎、圆滚滚的大发糕了,他一天比一天瘦了,身上黑白两色的皮毛也乱蓬蓬的,失去了光泽,因为他近来一直不大喜欢吃东西。房子里所有幸福的人们都开始为企鹅的近况感到惋惜和担忧了。

"我们一定得想办法为企鹅做点儿什么了。"埃马努尔对他爸爸、姑奶奶和家庭女教师说。

姑奶奶阿蕾莎首先开口说:"我们首先必须得转移一下他的注意力,把他的兴趣引导到别的方面上去。"

国际大奖小说

家庭女教师思索了很长时间,想出了一个能够转移企鹅注意力的办法。她注意到在花园当中有个砌着墨绿色瓷砖的圆池子。那池子的直径大约有一米,深度在三十厘米上下。很早以前那池子里曾注满了水,水面上浮着睡莲。当时这幢房子的主人,那位身材特别高大的男子把这个水池称为"我的睡莲池"。后来,姑奶奶出于对小埃马努尔的安全的考虑,让人把池子里的水抽出来,在池子里装满了沙子。小时候非常喜欢在沙子坑里玩耍的埃马努尔管那里叫作"我的大沙箱",那里的沙子慢慢地都被踩踏瓷实了。但埃马努尔随着年龄的增长也不再喜欢玩沙子了,现在那个砌着墨绿色瓷砖的池子几乎已经完全被丛生的杂草覆盖住了。每当比尔鲍尔先生从池边走过时,就会说那里是"我们花园的污点"。他曾下决心要把那里的荨麻、狗尾草、蒿草、酸棘子枝,以及旁的他不知道名字的野草全部拔掉。他打算给池子里换上新土,在那里栽种上萎叶,他特别喜欢萎叶这种常绿的蔓生植物。

现在女教师想出了一个更好的主意。她立即行动,先拔掉了所有的杂草,然后再把硬结的沙子耙松。最后她和埃马努尔一起将池子里的沙子全部铲了出去,然后用清水洗刷池子的瓷砖。他们把池子的瓷砖擦得锃光瓦亮,比过去的睡莲池还要干净,又在池中注满了清水。女

企鹅的故事

教师带着埃马努尔去了大菜市场里的鱼类水产商店,店里摆放着的大木桶里有很多很多活鱼。家庭主妇们围在木桶四周挑选水中的游鱼。她们把自己相中的一条指给卖鱼的商贩,卖鱼的就会用网子将那条鱼捞上来,把鱼头从那还活蹦乱跳着的鱼身上剁下来,然后再将鱼用塑料薄膜包裹好,放到家庭主妇的购物篮子里去。

女教师和埃马努尔随身带了两个塑料水桶,他们要买活鱼回去。他们两个人很吃力地提着水桶走回家。女教师提的桶里有六升水和六条活鱼,埃马努尔的桶里有三升水和三条活鱼。

"你真的相信,企鹅会高兴吗,玛薇娜?"埃马努尔在路上问。(女教师的名字叫玛薇娜。)

"我希望会这样,"玛薇娜说,"我可不乐意瞎费力气,让这桶活鱼把我白白累死呢!"

当他们二人回到家里时,企鹅还站立在篱笆墙旁边死盯着西门比尔格太太家客厅的窗子呢。他现在已没法再通过篱笆上的窟窿钻过去了,西门比尔格太太已经又用铁丝把那窟窿给堵起来了。她总在抱怨,企鹅没完没了地在她家的窗户外面叫唤,那嘎嘎的叫声让她心烦意乱,不得安生。除此之外,企鹅那两个讨厌的鳍翅把她种在窗子底下的藏红花和樱草花都给糟蹋坏了。

埃马努尔和玛薇娜把桶里的水和鱼倾倒进了砌着

墨绿色瓷砖的水池子里,活鱼欢快地转着圈在水中畅游起来。灿烂的阳光照射在池面上,把池子里的水照得闪烁发亮。

"喂,小家伙,快过来啊!"埃马努尔大声招呼他的企鹅。"嘿,你这不再圆滚滚的大发糕,"玛薇娜也朝着企鹅高喊,"快过来瞧瞧,我们给你弄来了好多活鱼!"姑奶奶从房子里走了出来,她也在叫企鹅:"肥鹅,你真该害臊了!一个正经的肥鹅怎么能连活鱼都不看一眼呢!"比尔鲍尔先生也从房中走出来了,他叹了口气说:"唉,连活鱼都引不起他的兴趣来了,他可真是个死心眼儿的家伙!"

老猫可不是个死心眼儿的家伙!尽管老猫从来没有逮过鱼,但逮鱼是猫天生就有的意识和本事,而且如果没有经过人为的改造,就会一直保留下来。老猫从来没有被人驯化改造过,只不过是不断被人恐吓和糊弄而已。现在老猫已经不会再受到人的惊吓了,她在非常暖和的房间里面有了自己的窝,每天都能吃上肉和牛奶,还有人成天到晚地抚摸她,亲吻她。老猫已经瞧见了花园里的池子、池子里闪光发亮的清水,还有在水中游来游去的鱼。老猫看着看着就产生了逮鱼的强烈欲望。她喵喵地叫起来,后爪直立了起来,前爪不停地在窗玻璃上抓挠。猫爪子挠玻璃所发出的噪音听起来特别的刺耳。

"猫咪乖乖,快停下,别再瞎挠了!"西门比尔格太太嚷嚷着走了过来,老猫没有停止号叫和抓挠玻璃。"你大概是想到花园里去了吧?"西门比尔格太太问老猫。老猫号叫和抓挠得更厉害了,西门比尔格太太再也无法忍受了。"那好,你快离我远远的吧!"西门比尔格太太把窗户打开了,老猫嗖地一跳就从窗台上蹿了出去。她横越过窗外藏红花和樱草花的花坛,跳过篱笆墙,直奔到了水池旁边。老猫的髭须在抖动着,那是渴望和贪婪的表现,她的两只眼睛紧盯着在池水中来回畅游的鱼。老猫把自己蹲坐的位置挪到了紧靠着水边的地方,只要一有鱼从她身边游过,她就会把一只爪子伸进水里面去,想把那鱼给逮住。

但是,猫实在太老了,长得也太肥实了,而鱼可一点儿也不老,个个都是反应灵敏,动作快捷,善于随时躲闪的。再加上老猫从未练习过逮鱼,毫无这方面的经验,所以她根本就逮不到鱼。由于老猫完全专注于自己与生俱来的逮鱼意愿,所以她丝毫也没有察觉到企鹅已经摇晃着身子走近了水池。假如企鹅能够微笑的话,那这时企鹅就一定在微笑了。企鹅把他的长喙伸进了水中,当他的长喙重新冒出水面时,喙上叼着一条鱼。企鹅步履蹒跚地绕着水池边走过去,把那条还在摇头摆尾的活鱼摆

在了老猫面前。假如老猫能够微笑的话,那这时老猫就一定在微笑了。老猫贪婪地吃掉了鱼的下半段,将鱼的上半段留给了企鹅。凡是对于猫性多少有点儿了解的人都会知道,这只能是一种希望而已。假如猫真的肯平分到口的美食,那么猫也就肯干别的任何事了,只是对此人们必须要有足够的耐心。还有,说句老实话,对一只压根儿不知道自己是个企鹅的企鹅我们是不可以抱有过多期望的,无论如何这只企鹅已经为他人带来过一些好处了:

老猫得到了一条活鱼。

埃马努尔得到了他想要的代课女教师。

代课女教师得到了一份很好的工作。

姑奶奶阿蕾莎得到了更多的爱。

比尔鲍尔先生得到了一个幸福、快乐的儿子。

(但是对于鱼来讲,这自然就是个悲惨的故事了。不过,还是等以后在关于鱼的故事里,我们再去关注鱼的事儿,为鱼去操心吧。)

第十章

重要的附言

　　如果有谁对整个故事都不喜欢的话,他可以想方设法把动物学助理研究员舍斯塔克的信(请看第1页)给弄丢了。那样一来他就可以把这个故事完全给取消了。

　　哪一位要只是觉得企鹅跟他毫不相干,为在故事当中读到那么多企鹅的事儿而感到非常遗憾的话,不妨请他自己想办法去变换一下故事的内容。其实这是很容易做到的,动物学助理研究员还有一位动物学界的朋友,名叫波里霍达。此人正生活和工作在靠近赤道的地区,随时可以给他写封信去,打听一下他能不能够帮忙给弄一个鸵鸟蛋什么的来……

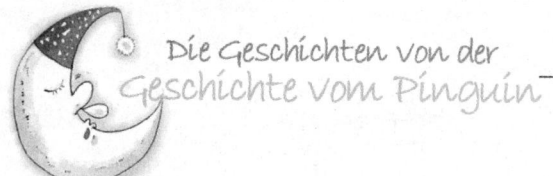

作者简介
企鹅的故事

克里斯蒂娜·涅斯特林格
Christine Nöstlinger

  克里斯蒂娜·涅斯特林格是当代德语文学界最著名的儿童文学作家之一。她1936年出生在维也纳,最初为报纸、杂志和奥地利广播电台撰稿,1970年发表处女作《红发弗雷德里克》。她戏称自己是"一个人的字母工厂",几乎每年都会出版新作,有的作品还被选入德语国家的中小学课本。

  涅斯特林格几乎荣获了所有重要的德语儿童文学奖——弗雷德里克·伯德克奖、德国青少年文学奖、奥地利儿童图书奖、维也纳青少年图书奖。1984年,涅斯特林格以其全部作品获得素有"小诺贝尔文学奖"之称的世界最高儿童文学奖——国际安徒生奖。

一只企鹅的"错位人生"

郑建堂/图书编辑

有一只企鹅压根儿不知道它自己是个企鹅。

因为,当它还是一枚企鹅蛋时,就被一位动物学助理研究员托他在南极工作的朋友,从冰天雪地的南极寄到了欧洲。也就是说,这枚企鹅蛋是动物学助理研究员为了获得某项职称而进行的科研项目的实验品。毫无疑问,它是一枚优质的企鹅蛋,要不也不可能在实验室里被顺利地人工孵化出来。在这之前,还没有人有过人工孵化企鹅的成功记录呢。这着实让助理研究员为之骄傲。但是,从事这项研究的人只关注实验是否成功,而没有人去认真地考虑过企

鹅蛋被孵化成功后小企鹅日后的生活。并且,小企鹅的出生并没有为它社会学意义上的"爸爸"——那位助理研究员带来任何事业上的帮助。更糟糕的是,助理研究员失业了,他不得不带着小企鹅离开了研究所。

于是,一只本该在冰冷的海洋里潜水、以磷虾为食物、在岩石上睡觉的企鹅,来到了开着热烘烘的暖气、铺着厚厚的地毯、充斥着房东太太的责骂声的租赁房中,开始了它的童年、它的成长。接着,会发生怎样的故事呢?

奥地利著名儿童文学家克里斯蒂娜·涅斯特林格用她巧妙的构思、独特的叙述方式,向我们讲述了一只企鹅的"错位人生"。

如果,助理研究员不是为了谋取新的工作机会,也许不会将小企鹅遗弃。但可供他选择的三个工作机会的地点都在赤道附近。众所周知,企鹅无法在热带地区生活。如果可以的话,那将又是一个动物研究的重大成果。

可是,助理研究员认为工作机会远比喂养他弄出来的这个小麻烦更为重要。

如果,小男孩埃马努尔不是那么爱小企鹅,就不会答应收养它,也不会在大冬天里宁愿自己挨冻,也要把家里的暖气全部关掉,还弄来了很多散发着臭味儿的鱼虾喂给小企鹅吃。房东太太为此强烈不满,因为她和她的猫咪都怕冷到了不可思议的地步。

可是,埃马努尔爱小企鹅。爸爸爱埃马努尔。姑奶奶爱埃马努尔和埃马努尔的爸爸。爱玛也爱埃马努尔的爸爸。

如果,爱玛不是看到埃马努尔的爸爸——自己的男友终日被寒冷腥臭的生活环境所困扰,就不会插手埃马努尔一家人的生活,小企鹅也不会被她训练成一只被套上皮颈圈、睡在毛毯上、吃奶油冰激凌的宠物。

但是,自以为是的爱玛自信地认为,她的做法是绝对正确的。

如果,埃马努尔的老师没有生病的话,就不会有一位漂亮的女教师来临时代课;如果代课女教师不是也有一双蓝眼睛和七颗可爱的小雀斑,就不会唤起埃马努尔对已经过世的妈妈的回忆和想念。

但是,埃马努尔从未忘记过妈妈。

如果,小企鹅没有看到房东太太家的老猫,并错误地以为那个长着白肚皮的黑家伙是自己的同类的话,也许它就不会陷入一厢情愿的恋情和一场艰难的求爱。

但是,小企鹅压根儿不知道自己是一只企鹅。

现实情况是——根本没有那么多的如果,这些矛盾的事情确确实实地发生了,并引发了五个人物和两个动物的故事……

通常，我们读到的小说都具备人物、故事情节和环境三要素；起因、经过与结果，构成了一个完整的故事。故事的结局也是最吸引读者的部分。那些性急的读者常常等不及看完整个故事，就把书翻到了最后的章节，因为他们渴望将自己的某些期望，或者是梦想，从故事的结局中得到实现与印证。而作者——讲故事的人，为了迎合部分读者的情感需求，会为故事编一个完美圆满的结局；有时也会为了表明自己的智商是高出读者的，故意将结局编得出人意料。还有一些作者，也许是不想得罪任何一种喜好的读者，也许是他自己都没想好该怎么将故事收尾，于是便狡猾地做了许多留白，让读者自己去想象。所以，我们读到的绝大多数故事，都只有一个结局，或者是没有结局。

克里斯蒂娜·涅斯特林格女士为我们讲的《企鹅的故事》显然不属于上述这些类型。这个故事很特别，之所以说它"特别"，是因为它有三个结局，如同为读者打开了看得见悲喜人生的所有门窗——

第一种结局

老猫被企鹅疯狂的求爱吓破了胆，并不幸撞断了颈椎，死掉了。房东太太伤心过后拥有了一件暖和的猫皮背心。小企鹅求爱不成，反倒"谋杀"了自己的爱恋对象，于是它消失了，没人知道它到底去了哪里。那位长得像妈妈的代课女教师没能成为埃马努尔的新妈妈,爸爸和爱玛结婚了。对此大为不满的姑奶奶去了养老院,再次成为孤独的人。小男孩埃马努尔失去了梦想,也失去了心爱的小企鹅,从此得了忧郁症,或者是自闭症,总之他从此不再拥有欢乐的笑声。

看到这种结局,恐怕没人能再笑得出来。即便这种残酷的结局在现实生活中比比皆是,但仍然会被那些喜欢活在自己营造的美梦中并执著地相信奇迹会发生的人们所拒绝。于是,善良的克里斯蒂娜·涅斯特林格女士——编故事的人,为我们编了另一个版本的结局。

第二种结局

老猫接受了企鹅的求爱,理所当然,它们将来会有一个宝宝,至于是叫"企猫"还是"猫鹅"并不重要。为了让故事听起来似乎更合理,这里还有一个非常巧的巧合。老猫幸运地遇见了自己的第一个主人,从此它的畏冷症不治而愈,恐惧感与戒备心也烟消云散。更巧的是,老猫的旧主人正是埃马努尔喜欢的代课女教师。爸爸和大家都不喜欢的爱玛和平分手了,他喜欢上了那位很有爱心的代课女教师。爱玛也找到了更适合自己的结婚对象。姑奶奶很开心,她开始意识到自己得到的爱一点儿不会比以前少。

这个结局怎么样?皆大欢喜,每个人都得到了自己

想要的东西。可是，稍微理智一点儿的读者都不禁会质疑：他们什么都没做呀，却统统实现了心愿。这样的人生完全是靠巧合的支撑和奇迹的发生！

第三种结局

埃马努尔的爸爸突然意识到自己在整个事件中应该负起的责任。于是，他放下繁忙的生意，设法找到了女教师，并说服她成为埃马努尔的家庭教师。

和爱玛不同，女教师是一个懂得爱并会爱的善良女人。她做了很多让大家感到满意的事情，不仅埃马努尔恢复了快乐，姑奶奶得到了更多的爱与关注，连企鹅都在她的帮助下恢复了本性。它不仅能在修缮好的大水池里自由地游泳，还吃上了新鲜的鱼。更关键的是，它终于意识到自己是一只企鹅，而非什么人类或猫类。

也许这个结局离所谓的十全十美还有一些差距，但至少我们看到了每个人积极的态度与努力。这样的幸福是不是来得更真实一些呢？

没有人能左右你的喜好，就选择你笃信的那一个，来抚慰自己的心灵吧！